고양이 수염에 붙은 시는 먹지 마세요

김륭 동시 평론집

문학동네

| 책머리에 |

아이들의 미래는 어른이 아니다

좋은 아동문학, 특히 동시에서 말하는 아이들의 미래는 어른이 아니다. 그것은 아이임을 잊거나 잃지 않고 가는 길이며, 그 길에서 스스로의 가치를 발견하는 일이다. 또한 시간, 나아가 상상을 초월하는 그 무엇이며 이때 현실은 언어가 아니라 침묵 혹은 여백으로 드러난다. 2010년 이후 우리 동시는 아이들로부터 자꾸만 달아나려고 한다. 동심이란 이름으로 규정된 관습적인 형식으로부터, 옛날부터 이어져온 동심천사주의로부터 결별을 선언하며 문학이 될 수 없는 것들마저 다시 태어나게 한다. 아이들과 멀어진 듯 보이지만 다시 돌아와 아이들의 자리를 지키며 솟아나는 시. 동시란 장르가 가진 힘은 여기서부터 시작된다. 그러니까 이즈음 동시를 쓰는 어른 작가들은 동심을 새롭게 발견하려는 의지에서 한 걸음 더 나아가 발명하려는 자의 모습으로 변해간다고도 말할 수 있겠다. 우리가 흔히 말하는 '동심'은 동시를 쓰는 어른 작가의 언어 속에 가만히 붙잡혀 있지 않다. 그것은 어쩌면 '미친 비행기' 혹은 달걀, 나아가 달을 옮기는 쥐의 형상으로 우리의 내부에서 제각기 살아 움직인다. 일상 너머의 볼 수 없는 세계를 드러내 보일 때 우리는 '난해'하다고 말한다. 이난해함에 대한 시선은 창작자마다 극명하게 갈린다. 무슨 상관인가. 우리가 시를 읽고 쓰는 까닭은 시라는 장르에 업혀 한 번도 가보지 않은 영토로 가려 하는 것이 아닌가. 동시라고, 아이들이 읽는다고 삶 이후 도래할 세계를 말할 수 없는 것은 아니다. 시간의 깊이를 말할 수 있는 방법이 별로 없을 뿐…… 그렇다. 시는 돌이킬 수 없는 삶의 그림자를 거울로 놓고 행하는 자기반성의 길고 깊은 여정이다. 시가 고백의 장르라면 그 형식은 미래의 것이다. 언제 어디서든 시는 새로운 길을 가려 한다.

한 편의 시 속으로 불러들인 아이들을 어른 작가로서 나는 얼마나 책임질 수 있을까?라는 질문에서 시작된 이 글은 제대로 된 비평문이 아니다. 창작자로서 개인적인 견해를 앞세운 어쭙잖은 산문이나 '동심 여행기'라고 해야 옳다. 그러니까 나는 지금 '동시를 읽는 일'과 '인간다움을 묻는 일', '동시를 쓰는 일'과 '아름다움을 묻는 일'을 말하고 싶은 것이다. 그걸 잃어버릴까봐. 동시는 쓰기도 어렵지만 읽는 일 또한 만만찮다. 그것은 창작자로서의 어른이 어른다움에서 나아가 인간다움을 묻는 일이기 때문이며, 그렇게 묻는 자가 바로 우리 자신이기 때문이다.

나는 지금, 내가 열 살 때쯤 생길 일을 생각한다. 동시를 본격적으로 쓰기 시작한 지도 10년이 훌쩍 넘었는데, 이런 생각을 하는 것이 꽤나 흥미롭다. 이 글을 쓰는 지금 이 순간이 과거이고 열 살 때쯤이 미래가 되기 때문이다. 내가 이런 생각을 떠올릴 때 나는 이미 아이를 향해 출발한다. '아이'라는 단어를 입술 위에 올려놓으면서 나는 이미 어른으로서 내가 가진 형식을 깨고 있다. 그리고 지금부터 무엇이든 가능해, 라고 말하는 순간 어른으로서 가질 수 없었던 무언가를 창조하게 된다. 그러니까 이것은 인생을 거꾸로 베껴 써보는 일이다. 나는 웃었다. 나는 끝까지 웃는다. 웃어야 한다. 마침내 아홉 살이나 열 살쯤 되는 아이가 되려다 참새가 된 기분! 그러나 나는 창밖의 새들이 기침하는 소리를 들을 수 있을 때까지 도망가지 않을 것이다.

우리가 흔히 말하는 행복이나 불행은 문학이 가장 먼저 발견한다. 세상을 처음으로 인식하는 아이처럼. 새롭고 좋은 동시는 우리가 한 번도 언급하지 않았던 동심까지 재발견하고 재해석한다. 이때 동심은 우리가 살았던 과거, 지금 당장 살고 있는 현재 그리고 앞으로 살아야 할 미래에 관한 '은밀하고도 아름다운' 텍스트가 된다. 누군가가 먼저 읽었던 세계와 언젠가 읽어야 할 세계의 재현이야말로 동시라는 장르가 우리에게 주는 최고의 선물이라는 말을 할 수 있는 당신이라면 내가 연둣빛 곤충처럼 가만히 풀어놓고 싶은 이 비행기에 동승한 것이다. 그리하여 우리는, 우리를 사랑한다고 말할 수 있게 된다. 그래서일까. 어쩌면 나는 엄마 뱃속에 있을 때부터 비행기였다는 생각이 자꾸 든다. 비행기가 있다면 '미친 비행기'도 있을 것이다. 나는 이 글을 마치기 전에 아홉 살이나 열 살쯤 되는 아이로 돌아가야 한다. 끝까지 어른으로 도망가지 않을 것이다. 나는, 내가 가진 낡은 육체보다 이번 여행을 더 믿는다.

2021년 11월

김륭

| 차례 |

책머리에

1부

동심과 말(언어)과의 연애라는 것은,

2부

아름답고 또 아름답고 자꾸 아름답지만 아직 그 까닭을 잘 몰라서

3부

모두에게 말을 건네는, 결코 완성될 수 없는 세계

1부

동심과 말(언어)과의 연애라는 것은,

'아이들의 미래는 어른이 아니다.' 동시를 읽고 쓰는 자리에 걸어둔 문장이다. 내 안에 아직 아홉 살이나 열 살쯤 되는 아이의 목소리가 있고 그 목소리가 반평생을 훌쩍 넘어온 나를 지키기 때문이다. 어른 작가로서 나름대로는 엄정하고 객관적인 입장에서 위치시킨 이 문장의 그늘 속에서 아이들과 어른들은 다른 운명에 놓이기도 한다.

시보다 동시가 더 어려운 이유
—우리 동시가 가야 할 길

아이들은 문학을 즐기면 안 되는 것일까? 어른에 비해 인생의 경험이 적다고 해서 문학을 즐길 능력마저 없다고 무시해도 되는 것일까? 창작자로서 혹은 어른 독자로서 건넬 수 있는 이런 질문 속에 우리 동시가 가야 할 길이 있다. 그것은 아이들 스스로 뇌와 가슴을 발전시킬 능력이 있다고 믿기 때문이다.

1
어린이를 위한 문학은 없다

'헤럴드 블룸'은 아동문학이라는 범주를 인정하지 않는다. 『헤럴드 블룸 클래식』(윌리엄 셰익스피어 등 지음, 원제 '모든 나이대의 지극히 총명한 어린이들을 위한 소설과 이야기', 헤럴드 블룸 엮음, 정정호 외 옮김, 생각의나무, 2008) 등을 통해 확인할 수 있듯, 그는 어린이를 위한 문학이 존재하지 않는다고 본다. 그렇다고 해서 이전의 아동문학까지 모두 부정하는 것은 아니다. 한 세기 전까지만 해도 아동문학은 나름대로 특징과 유용성을 지니고 있었지만, 오늘날 아동문학은 상업적으로 이용되며 상품으로 포장되어 나타난다고 주장한다. 더 큰 문제는 그런 작품들 거의 대부분이 독자에게 부적절한 글이라고 질타한다.

다른 한편으로는 아이들에게만 감동을 주고 어른들에게는 아무런 감동을 주지 않는 이야기나 시는 없다고 단언한다. 여기서 헤럴드 블룸을 언급하는 것은 그의 주장에 전적으로 동의한다는 뜻은 아니다. 생각하기 나름이겠지만 어느 대목에서는 차라리 반기를 들 수도 있다. 다만 그의 다소 과격한 이 주장에는 우리가 진지하게 고민하고 수용해야 할 부분이 많으며 이오덕의 주장과도 그 맥이 닿아 있다는 사실을 생각해볼 필요가 있다. 이오덕은 『아동시론』(세종문화사, 1973) 서문(「손과 발과 가슴으로 쓰는 詩」) 첫 문장에서 "우리의 아동들에게는 시가 없다"고 단언했다. 이는 아이들도 인간으로서의 감정을 공유하는 데 어른들과 크게 다를 까닭이 없는데도 그런 사실을 직시하고 쓴 시가 없다는 것이다. 이오덕의 말처럼 아이들은 어른들을 위해 진열된 인형이 아니다. 아이들의 세계는 어른의 세계와 따로 분리되어 있지 않다. 어른과 아이는 같은 시공간에 존재하며 경험에 따른 이해와 깊이의 차이는 있을지언정 문학작품을 통한 정서적 환기를 비슷하게 경험한다. 따라서 아동문학이라는 범주는 무의미한 것이라는 그의 주장은 충분히 설득력이 있다. 어린이도 어른과 마찬가지로 즐거움을 위해 문학을 읽는다는 것, 그렇기 때문에 어린이도 문학에서 더 많은 의미와 기쁨을 얻기 위해 우리가 흔히 말하는 동심 그 이상의 것을 배울 수 있으며 배워야 한다는 주장만큼은 진지하게 받아들여야 한다는 사실을 말하고 싶은 것이다. 이유는 간단하다. 아동문학을 하는 대부분의 사람들이 요즘 많은 어린이가 더이상 문학작품을 읽지 않고, 관심조차 갖지 않는다고 지적한다. 왜일까? 창작자나 평론가가 아닌 독자들도 이미 눈치챘을 것이다. 역시 답은 질문에 있다.

아동문학 담론은 비평의 활성화로부터 새롭게 견인된다. 예컨대 평론집 『어린이문학을 보는 시각』(창비, 2005)을 통해 한때 우리 아동문학계를 술렁이게 했던 고 김이구 선생은 아동문학 비평이 시대에 걸맞은 두 가지 문제에 대해 철저히 탐구할 필요가 있다고 지적한 바 있다. 이때 두 가지 탐구 과제란 아동이란 실체, 즉 '지금 여기'의 아동이 어떤 존재냐 하는 것과 아동문학 작가의 시선은 아동의 시선을 어떤 방식으로 채용해야 하느냐에 대한 질문이다. 그러나 우리 아동문학은 이 같은 물음에 대한 주체적 성찰 없이 아동을 다만 기존의 '보이지 않는 관습이나 제도'로만 묶어놓거나 '외부에 존재하는 시선'으로만 고정시켜 바라봐온 혐의가 짙다고 그는 지적한다. 이미 공식화된 담론이나 신성시되던 이론에 기대어, 아동문학의 미래를 바라보려 하지 않는다는 것이다. 동시를 쓰는 창작자 입장에서 보면 김이구 선생의 이 같은 태도는 의미하는 바가 크다. 우리 아동문학의 담론이 새롭게 발화될 수 있는 가능성이 열린 지점이기 때문이다. 그는 한 편의 동시라도 쉽게 읽지 않는다. 한 편의 동시가 지니는 의미를 확인하는 작업에 그치는 것이 아니라 새로운 가능성을 탐색하고 발견한다.

이런 관점에서 보면 김제곤, 원종찬, 김권호 등 평론가의 역할이 그 무엇보다 중요할 수밖에 없다. 특히 작고한 지 70년이 지난 권태응의 「감자꽃」과 대비, 이즈음 동시들을 향해 던진 김제곤 평론가의 일침에 주목할 필요가 있다. 그는 요즘 동시들이 유치한 발상과 혀짤배기 말을 앞세우는 장난감 같은 시들뿐이라고 지적한다. 온통 말의 재미스러움과 어린애들의 재롱스러운 모양만을 노래하는 동요들이 우리 동시단에 아직도 횡행하고 있다는 것이다. 물론 김제곤의 이 같은 비판을 벗어난 뛰어난 작품도 많을 것이다. 그러나 김제곤의 이 말은 여전히 유효하고, 우리 동시의 가능성을 추인할 것이다. 이외에도 동화에 뒤처진 우리 동시단에 대한 걱정과 우려는 많다. 때론 너무 엄숙하고 진지하며, 고만고만하고 비숫비슷한 생활 동시의 범람에다 이른바 말놀이 동시가 유행하니까 너도 나도 그에 편승한 아류작들까지. 그러나 역시 가장 심각한 문제는 좁고 얕은 상상력이다. 이는 곧 작가 정신과 철학의 부재와 맞물린다.

2
"내가 생각하는 동시란, '童'詩라기보다 '動'詩라고 해야 하겠다"는 말

시는 사람을 바꾼다는 말이 있다. 바꿔 말하면 동시는 어린이들을 바꿀 수 있다. 루쉰(魯迅)은 아직 사람을 잡아먹지 않은 어린이를 구하고자 했지만 시대는 변했다. 차라리 사람을 골라 잡아먹을 수 있는 어린이들을 구하기 위해 문학이 존재한다고 터놓는 게 솔직하지 않을까. 예컨대 유년 문학은 사랑스럽고 단순하고 알기 쉽고 짧은 이야기라는 고정된 시각을 벗어던지지 못하면 우리 아동문학의 이야기성은 그 출발, 뿌리부터 빈약해질 수밖에 없다. 아이 스스로 읽고 싶어 안달하기 전까지 어른이 읽어주거나 먼저 소화해서 이야기해주는 것이 유년 문학과 아이가 만나는 이상적인 모습이라고 한다면, 그 이야기는 어른이 읽어도 재미있고 가슴을 움직이는 것이어야 한다. 동시 또한 마찬가지다.

엄마가 사과를 깎아요
동그란 동그란
길이 생겨요
나는 얼른 그 길로 들어가요

동그란 동그란 길을 가다 보니

연분홍 사과꽃이 피었어요

아주 예쁜 꽃이에요

조금 더 길을 가다 보니

꽃이 지고 열매가 맺혔어요

아주 작은 아기 사과예요

해님이 내려와서

아기를 안아 주었어요

가는 비는 살금살금 내려와

아기에게 젖을 물려 주었어요

그런데 큰일났어요

조금 더 가다 보니

큰 바람이 마구마구 사과를 흔들어요

아기 사과의 얼굴이

새파랗게 질려 있어요

아기 사과는 있는 힘을 다해

사과나무에 매달려 있었어요

조금 더 동그란 길을 가다 보니

큰 바람도 지나고 아기 사과도 많이 자랐어요

이제 볼이 붉은 잘 익은 사과가 되었어요

그런데 갑자기 길이

툭,

끊어졌어요

나는 깜짝 놀라 얼른 길에서 뛰어내렸죠

엄마가 깎아 놓은 사과는

아주 달고 맛이 있어요

—김철순, 「사과의 길」 전문

(『사과의 길』, 문학동네, 2014,

2011년 한국일보 신춘문예 당선작)

고민이 있어요.

들어 주실래요?

예전엔 하루에만 수백 통의 편지를 먹던 때가 있었어요.

연말이면 정말 배탈이 날 지경이었어요.

나를 찾는 사람은 아이에서 어른까지 구별이 없었답니다.

거리에서도 제일 돋보였거든요.

요즘도 더러 배부를 때가 있긴 해요.

다닥다닥 숫자 찍힌 세금 종이들

홍보 선전 우편물이 주르륵

아무리 뱃속을 가득 채워도

삐뚤빼뚤 쓰인

정 담뿍 담긴 편지 한 통이 훨씬 맛나는 것 같아요.

후덥지근한 여름이건

쌀쌀한 겨울이건

따뜻한 마음이 담긴 편지들이면 그저 행복했었죠.

갈수록 힘이 빠져요.

찾는 사람은 점점 줄고

쪼르륵 배곯는 날만 늘어나니 말이에요.

거리에 친구들이 하나 둘 사라질 때마다 자꾸만 외롭답니다.

이러다 영영 잊히는 건 아니겠죠?

—김미경, 「우체통」 전문

(2011년 매일신문 신춘문예 당선작)

김철순의 「사과의 길」은 현실과 상상이 결합하고 환상으로 이어지는 동시다. 동시의 주인은 아이들이 아니라 어른이어야 상투성을 극복할 수 있다는 사실을 보여주는 작품이기도 하다. 엄마가 깎아주는 사과를 기다리면서 생각하는 상상놀이를 재미있게 풀어놓고 있다. 엄마가 사과를 깎고 있는 순간과 다 깎아서 먹을 때까지의 짧은 시간을 장악한 시인이 동시만이 가능한 시적 미학과 동화 못지않은 서사를 입체적으로 빚어낸다. 그러나 김미경의 「우체통」은 상상력보다는 다분히 감상적인 설명이 앞서는 작품이다. 우체통을 의인화시켜 어른인 자신이 하고 싶은 말을 어린이들에게 주입시키고 있다는 느낌이다. 그만큼 평면적이다. 즉 '지금 여기'의 아동이 어떤 존재냐 하는 근본적인 물음 없이, 어린이를 단순한 관찰자 입장에서 바라보거나 동시의 주인을 어린이라고 여길 때 생기는 안이함 때문일 것이다. 실제 두 작품을 아이들에게 읽힌 다음 마음에 드는 한 편을 고르라고 했다. 「사과의 길」이었다. 이유는 더 재미있기 때문이라고 답했다. 그리고 문학을 공부하는 성인들에게도 똑같이 읽혔다. 반응이 역시 같았다. 다만 아이들과 달리 「우체통」

을 고르는 사람도 꽤 있었다. 그 이유가 재미있었다. 우체통 속에서 추억이 소록소록 새어나온다는 것이었다. 왜 아닐까. 이마에 우표를 붙인 사람도 걸어 나오고 가난도 소처럼 걸어 나왔을 것이다. 피식, 웃을 수밖에 없었다. 시는 낭만이나 추억이 아니라는 말로 그들의 아름다운 감홍에 찬물을 끼얹고 싶진 않았다. 대신 화가이자 시인인 김환영의 재미있는 말을 슬쩍, 던져놓고 김철순의 「사과의 길」을 한 번 더 읽었다. "내가 생각하는 동시란, '童'詩라기보다 '動'詩라고 해야 하겠다."(『글과그림』 2008년 6월호) 시는 죽은 지식 자랑이 아니다. 동시라고 다를 게 없다. 동심을 막연하게 '아이들 마음'으로만 여길 때 생기는 오류는 이처럼 작가나 독자 모두에게 심각하다. 아동문학이란 이름으로 아이들을 무시하게 되는 아찔한 일을 자연스럽게 벌이게 되는 것이다. 어쩌면 동시는 성인 시보다 더 위험한 모험일지 모른다. 동시를 공부하는 문청들과 동시를 좋아하는 독자들에게 강조하는 말이지만 성인 시는 읽기가 어렵고 쓰기가 쉽다. 반면 동시는 읽기는 쉽지만 쓰기는 어렵다. 누구나 인식하고 있겠지만 아동문학은 '아이들만의 혹은 어른들만의 잔치 마당'에 그쳐서는 곤란하다. 그러니 이제 우리 동시도 조금은 불편하고 조금은 황당해도 모험을 감행할 때가 되었다. 현실과 환상을 결합시켜야만 코가 뭉개진 낡은 신발을 벗어던지고 미래로 한 걸음 더 나아갈 수 있기 때문이다. 동시든 동화든 어른들의 관습을 탈피해 문명에 찌들어가는 아이들을 바꾸기 위한 시도이자 새로운 이야기를 들려주기 위한 모험이어야만 한다. 따라서 성인 문학과는 분명 코드가 다를 수밖에 없다. 시보다 동시가 더 어려운 이유가 여기에 있다. 그러니까 이쯤에서 나 그리고 당신 또한 스스로에게 물어봐야 한다. 문학을 얻을 것인가, 독자를 얻을 것인가? 그리고 한 가지만 더. 말도 되지 않는 글을 지껄이는 내 안에서 포장되고 있는 아이는 또 뭔가? 답이 있을 수가 없다. 문학은 근본적인 물음일 뿐이다. 문학은 결백한 것이 아니라 비난받아야 마땅한 것이다. 아동문학이라고 뭐가 다르겠는가.

환상은 찌릿찌릿 전기처럼 자란다

―'죽은 시간'에 관한 미학적 주장과 제멋대로 읽는 동시의 즐거움

1
시간이 끝나는 순간이자
시(詩)가 시작되는 지점

길이 꿈틀꿈틀

가다 수풀에 머리를

묻고 죽었다

―유강희, 「뱀」 전문

(『손바닥 동시』, 창비, 2018)

길가 풀숲이나 작은 수풀, 나아가 거대한 숲의 표정 속에는 제각기 다른 살과 피, 그리고 다른 색깔의 감정들이 피었다 진다. 어떻게 보면 인간의 머릿속과 가장 닮은 표정이다. 숲속의 나무는 나무대로, 풀은 풀대로 수백 개의 크고 작은 열매를 처음 보는 아주 낯선 얼굴처럼, 때론 너무 낯익은 얼굴처럼 보여준다. 그곳에서 나는 가끔씩 까맣게 잊어버렸거나 잃어버린 길을 만나고, 그 길을 따라 걸어 나오는 아이들을 본다. 내가 두고 온 아이들, 지금은 폐교가 된 어느 초등학교 운동장이나 할머니 혼자 사는 시골 뒷동산에서 제 그림자나 발가락을 삼킨 아이들, 거짓말 같은 아이들. 그러니까 어른 작가인 내게 이 아이들은 '죽은 시간'과 함께 그림자나 발가락을 삼킨 '불구'이고, '동심'이란 말로 '표지화'된 아이들이다. 동시를 쓰는 일이 조심스럽고 가끔씩 두렵기까지 한 것은 이런 까닭이다. 동시란 장르가 이 아이들 속에서 나를 찾아내는 일이며, 그렇게 찾아낸 불구의 나를 건강한 아이로 다시 되돌려놓고 함께 가는 길이기 때문이다.

그러니까 문제는 길이다. 그 길을 불구의 아이들과 나를 건강하게 되돌려놓고 나아가야 하지만 모든 순간에는 끝이 있다. 곰곰 생각해보면 그걸 가장 잘 아는 것이 길이고 "꿈틀꿈틀/가다 수풀에 머리를/묻고 죽"은 뱀이다. 뱀에게는 길이 없다. 길이 없어서 그 길의 끝을 잘 아는 뱀은, 뱀이란 이름 그 자체로 길이다. 수풀에 머리를 묻고 죽은 그 길이 '시간이 끝나는 순간이자 시가 시작되는 지점'이다. 보다 시적으로 '죽은 시간'이 허물을 벗는 길, 이를테면 환상이 태어나는 곳이다. 우리가 흔히 말하는 동심이란, 이때 언어에 대한 시인의 깊은 신뢰를 바탕으로 언제 어디서나 새롭게 그리고 비밀스럽게 등장하는 또다른 생명체는 아닐까.

키 작은 풀들이 무성한 초록 숲의 들머리로 뱀 한 마리가 슥 들어갔어. 꼬리가 물결처럼 흔들리며 풀숲으로 숨어드는 걸 봤어. 풀잎 위에 앉아 있던 주황색 호랑나비 눈동자가 꿈뻑, 하고 접혔다 다시 펴졌어. 초록 숲이 꿀꺽 뱀을 삼킨 듯 아무런 소리도 나지 않았어.

잠시 뒤 그 숲 언저리로 돌아와 다시 걷자니 뱀이 들던 그 자리를 난 기억하지 못하고 호랑나비 눈동자도 오간 데 없고……

그래서 난 생각한 거야, 오래도록 내려온 숲의 비밀과
그 비밀을 오래도록 지키기 위한 또 하나의 거대한 숲의 비밀을.

—정유경, 「숲의 비밀」 전문
(『파랑의 여행』, 문학동네, 2018)

유강희가 선보이고 있는 『손바닥 동시』의 포인트는 3행의 아주 짧은 시행 속에 담긴 서정이나 언어에만 있지 않다. 행간의 여백과 의미 뒤편에서 열리는 시간의 강렬함에 있다. 그의 짧은 호흡은 존재론적 차원에 대한 깊은 애정이 시적 변용과 맞물려 전개된다. 정유경은, 유강희의 『손바닥 동시』란 카테고리가 가진 이 짧고 비밀스러운 호흡을 풀어 자연이 그대로 담긴 액자를 독자들에게 건넨다. 유강희의 "길"이 "꿈틀꿈틀/가다 수풀에 머리를/묻고 죽"은 이후 정유경은 소리에 귀를 기울인다. "초록 숲이 꿀꺽 뱀을 삼킨 듯 아무런 소리도 나지 않았"다는 진술 끝에 "뱀이 들던 그 자리를 난 기억하지 못하고", 그래서 시간이 가진 보이지 않는 주술의 힘을 생각하게 된다. "오래도록 내려온 숲의 비밀과/그 비밀을 오래도록 지키기 위한 또 하나의 거대한 숲의 비밀을."

하나의 풍경 속에는 소리와 모습이 만나는 장면이 숨어 있다. 모습이 소리 속에 동화, 소멸되거나 소리가 모습 속에 동화, 소멸되거나 그 소리와 모습은 곧 또다른 시각적 이미지 혹은 청각적 이미지로 재생된다. 서로 다른 시각적 이미지들끼리 또는 서로 다른 청각적 이미지들끼리의 비밀스러운 조우를 시인들은 무심코 지나치지 않는다. 여기서 섬세한 감각의 서정적 세계가 탄생하는데, 바로 이 지점에서 잘생긴 거짓말 같은 이런 길이 생긴다.

내가 오는 길에 보니까 말이야
길가 풀섶에서
하얀 연기가 모락모락 올라오지 않겠니?

무슨 연기가 이런 데서 나오나 하고
풀섶을 헤치고 보니까

개구리가 애를 낳고 첫국밥 해 먹으려고
미역국을 끓이느라고
아궁이에 불을 지피고 있지 않겠니?

아기는 어디 있나 하고
보니까
포대기 위에 뉘어 놓았는데,
엄마를 꼭 빼다 박았어

눈은
툭,
불거지고
입은 넓죽

앞다리는 짤막
뒷다리는 길쭉
배는 불룩

어허, 그것참!
사람 말을 그렇게 못 믿어서 쓰나

—장철문, 「잘생긴 거짓말 하나」 전문
(『자꾸 건드리니까』, 사계절, 2017)

장철문의 '잘생긴' 거짓말은 유강희가 뱀으로 손바닥 위에 올려놓은 '수풀에 머리를 묻고 죽은' 길을 통해 빚어내는 환상이다. 이렇듯 이성적으로 '죽은 시간'은 장철문의 기억이 아니라 언어를 육체로 입고 다시 태어난다. 그의 세계는 사상과 감정의 절제에 등가되어 자신의 어조를 넋두리 차원으로 전락시키는 법이 없어서 좋다.

2
'죽은 시간'에 관한 또다른 시인의 미학적 주장

그리고 여기, '시간이 끝나는 순간이자 시가 시작되는 지점'에 의자를 절대 갖다 놓지 말자고 제안하는 시인이 있다. 그에게 기억은 '죽은 시간'의 저장소가 아니라 발명소다. 그런데 하필이면 왜 의자일까?

의자가 아무리 많아도
채송화 앞에는 절대
의자를 갖다 놓지 말자

채송화 앞에 쪼그리고 앉아
발바닥에 오르는
전기를 기다릴 수 있게

지금 채송화에
하양 노랑 자줏빛
꽃 전구가 켜져 있다면

방금 전까지
채송화 앞에
쪼그리고 앉아

발바닥 전기를 찌릿찌릿
채송화에 주고 간
한 아이가 있었다고
말할 수 있게

—이안, 「채송화」 전문

(『글자동물원』, 문학동네, 2015)

이안 시인에게 동심은 현실과 환상의 경계 위에 하나의 생명체로 놓여 있다. 어린 시절 한때의 기억으로 현실과 환상을 아우르는 그의 '채송화'는 지금까지 우리 동시가 보여주던 세계와는 분명 다른 면모를 보여준다. 그에게 자연(채송화)은 옛날이야기를 담고 있는 서사적 공간이고, 따라서 그가 보여주는 세계는 어른 독자들에게 환상이라기보다는 얼핏 실제 사실에 근거한 추억담으로 읽힐 가능성이 있다. 하지만 현실 속에 있는 시적 화자가 보여주는 내용은 온몸을 감전시킬 듯 구체적이고 정확한 환상이다. 그는 시적 비유로 실제의 사상(事象)을 단순하게 치환시켜 만들어내는 환상이 아니라 시간 등 추상적인 이미지와의 결합을 통해 시 전체의 환상성을 연출하는 데 성공하고 있다. 그의 시에서 주체는 자신의 환상 속으로 잠입해서 대상과 섞여버림으로써 현실 세계와의 경계를 지운다. 그의 환상이 구체적이고 아름다운 것은 시간과 공간이 현실 세계로 열려 있기 때문이다. 즉 자기만의 환상을 통해서 어린 시절의 꿈과 '죽은 시간'으로 공간화된 기억 속의 억압과 상흔, 시적 개성 또한 드러내는 것이다.

어른이 된 지금 자신의 현실을 벗어나 동심이 살던 과거로 이동하는 것은 이성적 논리의 거부이며 일탈이다. 환상을 개입시킬 수 있는 지점은 현실의 시공간을 최대한 억압함으로써 확보되고, 어느 한순간 찾아든 기억은 시간을 고무줄같이 자유자재로 늘였다 줄였다 할 수 있는 기제로 작동한다. '죽은 시간'의 발명소에서 얻어낸 그의 시선은 현실과 환상의 경계를 지우며 무한한 시공간에서 재건축된다. 과거의 내가 아이로 채송화 앞에 쪼그려 앉아 있던 시간과 지금의 내가 어른이 되어 채송화를 내려다보며 서 있는 시간은 분명 다르다. 그는 이 다른 시간을 하나의 세계로 통합하여 눈앞에 걸린 액자처럼 보여준다. 결코 공허하지도 오만하지도 않고, 어른 독자들의 잃어버리거나 잊어버린 시간까지 찌릿찌릿 전기처럼 흘려보내주는 것이다. ('죽은 시간'에서 건져낸 유년의 모습을 떠올려 미래의 나에게, 채송화에게 전기를 주고 간 아이가 있었다고 말할 수 있길 원하는) 이건 분명 베르그송이 말하는 '무의식적인 기억' 혹은 '순수 기억'이며, 현실과 환상을 오가는 순환 구조를 가진 액자 속의 세계이다. 그렇다. 함께 시를 쓰는 내가 주목하고 싶은 것은 기억이 끝나는 지점과 환상이 시작되는 지점에 놓인 그의 동심이다. 어른으로서 가진 일상의 시간에서 일탈하겠다는 무의식적 기억이 온몸을 감전시키며 표면으로 떠오른다. 채송화를 통해 엿본 그의 세계는 지금 이곳의 시간에서 과거의 생, 나아가 다가올 미래의 생까지 넘나들겠다는 의지가 침잠되어 있는 느낌이다. 앞에서 언급했듯이 지금까지 우리 동시가 가지지 못했던, 그리하여 우리 동시가 가질 수 있는 환상의 최대치라면 이런 것 아닐까.

"의자가 아무리 많아도/채송화 앞에는 절대/의자를 갖다 놓지 말자"는 그의 제안은 현실의 영역이다. 그럼에도 불구하고 독자들(특히 어른 독자들)은 고개를 갸웃거릴 수 있다. 어떤 이유나 목적에 상관없이 그 제안 자체가 이성적 논리로 보자면 다소 엉뚱하고 느닷없으므로. 의자를 갖다 놓는 행위는 목적에 상관없이 그것 자체가 일상에 붙잡힘을 의미한다는 사실을 간과하기 쉽다는 말이다. 이미 구획된 자신의 삶에서 벗어난다는 것은 그 자체가 현실적 논리의 정지이며 일탈이다. 어른 작가로서 그가 아이들을 위해 보여줄 수 있는 시간의 공간화는 이런 방식이다. 의자를 갖다 놓고 채송화를 내려다보는 시적 화자가 의자 없이 발이 저리도록 쪼그리고 앉은 아이가 되어 발바닥에 오르는 전기를 기다리는 순간, 어른과 아이의 경계는 지워지고 현실과 환상은 서로 투명하게 교차한다. 보다 쉽게 시인은 채송화를 보다가 어린 시절의 자신을 생각한다. 무의식의 창고 안에 쌓여 있던 과거의 기억들이 문득 시인의 머릿속에 떠오른다. 밥 먹고 학교 가라는 엄마의 목소리, 마당을 기어 들어온 뱀이 무서웠던 기억 등등. 추억처럼 둥근 식탁과 식구들. 당연히 기억을 불러온 계기는 지금 그가 살고 있는 현실적인 장소에 핀 채송화다. 어떤 의지와 무관하게 찾아든 그것은 그의 삶을 잠시 과거의 한순간으로 돌려놓는다. 유년의 기억에 등을 기댄 대부분의 시들은 이와 유사한 과정을 거쳐 쓰여진다. 이 경우 액자 속에 있는 것은 환상이라기보다 어릴 적 추억이 스며 있는 빛바랜 사진과 같다. 그러나 그는 여기에 머물지 않는다. 이 빛바랜 사진을 환상으로 발명해낸다. 전통 서정을 표방하지만 그의 시가 새롭게 읽히는 이유가 여기에 있다. 그는 채송화를 통해 받은 서경이나 서정에만 함몰하고 싶은 것이 아니다. 아이가 되어, 그리고 현재를 사는 아이들과 함께 어린 시절 받기만 했던 자연(채송화)에게 무언가를 주고 싶은 것이다.

절대 의자를 채송화 앞에는 갖다 놓지 말자는 제안에 대한 이유는 2연에서 제시된다. "채송화 앞에 쪼그리고 앉아/발바닥에 오르는/전기를 기다릴 수 있게". 제안만큼이나 황당하다. 이때의 기다림은 시간의 역주행이다. 어린 시절 발이 저리도록 쪼그리고 앉아 있던 기억을 불러들인다. 과거의 기억들은 전기처럼 온몸을 타고 흐른다. "지금 채송화에/하양 노랑 자줏빛/꽃 전구가 켜져 있다면". 과거의 기억들, 그러니까 '죽은 시간'을 불러와 현실에 불을 밝힐 수 있는, 아니 밝힐 생각을 할 수 있는 시인이 그리 많겠는가. 이안이어서 가능한 시는 아닌가. "방금 전까지/채송화 앞에/쪼그리고 앉아" 있던 아이는 과거 죽은 시간 속의 시인이고, 어른이 된 시인이 지금 바라보고 있는 아이들이기도 하다.

그가 언어로 그려낸 채송화는 어릴 적 추억이 스며 있는 빛바랜 사진 따위가 아니다. 어른 작가로서 지금의 아이들에게 선물하고 싶은 환상이다. 정교한 사진이나 그림, 나아가 영상으로도 재생할 수 없는 아름다움이다. 그것은 이안이란 시인의 머릿속이 아니라 마음속 벽화로 남아 있던 기억과 시간이 채굴해낸 것으로, 지금 눈앞에 있는 현실적 공간으로 치환된다. 좋은 동시란 이런 것 아닌가? "발바닥 전기를 찌릿찌릿/채송화에 주고 간/한 아이가 있었다고/말할 수 있게". 이 아름다운 환상은 마지막 연에 와 꿈같은 현실로 되돌려진다. 시인의 의식이 개입하면서 기억은 다시 과거 속으로 돌려지고 나는 현실의 자리로 되돌아와 아이들 속으로 틈입한다. 최근 이안의 시가 보여주는 이런 그림에서는 현실과 환상의 경계가 무너지는데, 그 까닭은 시인 자신이 그 경계를 정확히 알고 있기 때문이다. 그만큼 최근 그의 시 세계는 현실은 물론 환상 속의 자아까지 추인할 동력을 가지고 있다.

3
그러니까 동심과 말(언어)과의 연애라는 것은,

이안의 시는 현실을 담아내든 환상을 담아내든 언제나 객관적이고 논리적이다. 창작과 평론에 '양다리를 걸친' 그는 스스로 서정의 룰을 정해 놓고 시적 화자와 배경, 상황을 만들어낸다. 의자는 어른으로서의 현실 세계를 대변하는 등가물이다. 당연히 환상으로 잠입해 들어가기 위해서는 의자가 없어야 한다. 환상은 눈앞에 있는 사물과의 관찰, 피관찰의 관계가 얽히면서 시작된다. 사물과 그것을 바라보는 주체의 시선이 섞이면서 사물이 내가 되고 내가 곧 사물이 된다. 즉 주체가 분열되면서 사물을 포함한 세계로 편입되어 재구성되는 것이다. 그 결과 환상은 그의 몸과 그를 읽는 독자들의 몸안에서 찌릿찌릿 전기처럼 자란다. 누구나 흔하게 할 수 있는 말로 현실과 환상의 경계를 이토록 선명하게 지울 수 있는 것은 이안이 가진 아름다운 언술이라기보다는 동심을 움켜쥔 가슴(진정성)의 힘이다.

이처럼 시인의 미학적 주장은 거의가 개인적 필요성에서 탄생한다. 개인적 필요성이란 시인이 자신의 기억이나 체험에서 절실히 느낀 삶의 태도이다. 어떻게 살아야겠다는 삶의 방식이 어떻게 써야겠다는 시 쓰기의 방법으로 구체화되는 곳에 우리가 흔히 말하는 진정성이 놓인다. 그러니까 진정성이란 분명 언어보다 앞선 삶의 주장이라고 할 수 있겠는데, 동시에서 이 삶의 주장은 당연히 동심을 동반한 미학적 주장으로 재구성되어 독자들에게 간다.

오빠 빨리 가자
학교 늦겠다.

그래도 오빠는
길가의 민들레를 들여다본다

오빠 지각하면

선생님에게 혼난다

그래도 오빠는
또 개미를 따라간다

오빠 니 맘대로 해라
나도 모른다

동생은 저만치 혼자 가다가
다시 돌아온다

—이상국, 「학교 가는 길」 전문
(『땅콩은 방이 두 개다』, 창비, 2020)

"빨리 가자"고, "학교 늦겠다"고 해도 "그래도 오빠는/길가의 민들레를 들여다본다". "선생님에게 혼난다"고 해도 "그래도 오빠는/또 개미를 따라간다". 흑백영화 속의 한 장면처럼 추억이 가득한 이 서사적 풍경 속에서 시인이 하고 싶은 미학적 주장은 무엇일까. 5연 "오빠 니 맘대로 해라/나도 모른다"일까? 마지막 연 "동생은 저만치 혼자 가다가/다시 돌아온다"일까? 이 우스운 질문은 이 글의 처음으로 돌아가 '시간이 끝나는 순간이자 시가 시작되는 지점'에 돌멩이처럼 눌러놓기로 한다. 그러니까 동심과 말(언어)과의 연애라는 것은, 제멋대로여야 한다는 것이다. 어른으로서의 삶과 시인으로서의 미학적 주장이 아이들의 현실과 뒤섞여 이처럼 아름다운 풍경들을 빚어낸다는 것은 시에서 주체나 객체끼리의 몸 바꿈 같은 시적 기술을 뛰어넘는 것이다. 소중한 것들은 잃어버린 다음에야 그 소중함이 더욱 절실해진다. 우리에게 동심이 바로 그런 것이다. 동시를 쓰는 시인들이 동심과 말(언어)과의 연애에 목숨을 거는 까닭이 여기에 있지 않을까.

자전거를 기르자

—이안, 『오리 돌멩이 오리』(문학동네, 2020)

이안 시인께.

처음엔 고양이. 그다음엔 (글자)동물원. 그리고 오리와 돌멩이. 오리는 '외롭지 않게' 한 마리 더. 이것들만으로도 한 세계를 설명할 수 있지 않을까, 그렇게 생각했습니다. 다정한 꽃말과 함께 끝없이 흩어지며 날아오르는 세계. 근데 전혀 예상치 못한 등장입니다. 지렁이! 그래요. 뭐, 암튼 잘 지내시죠? 이쯤 되면 불가항력적이라고 해도 말이 될 것 같습니다. 나는 지금 당신의 세계에 붙들려 '밑줄'을 긋고 있습니다. 「사월 꽃말」 같은 다정한 말들 속에, 그 반복 속에서 오리처럼 뒤뚱거리며 음악이 될 때까지……

한 군데도 건너뛰거나 날지 않고
온 말이니까

만나는 것 하나하나 밑줄 그으며

온 말이니까

작대기에 걸쳐 풀숲에 놓아줄 때—

고마워

엉덩이로 말끄럼,
인사까지 하고 간 말이니까

—「지렁이 말을 믿자」 전문

(『창비어린이』 2021년 봄호)

나는 "지렁이 말을 믿"기로 합니다. 『오리 돌멩이 오리』 이후 발표된 당신의 최근작부터 읽습니다. 그러니까 당신만이 만들어낼 수 있는 이 믿음은 아름답고, 나는 뒷걸음질할 수 없습니다. 이쯤 되면 아시겠죠? 자전거를 떠올린 것은 후진할 수 없기 때문입니다.

나는 지금 누워 있습니다. '죽은 듯이' 누워서 자전거를 타고 오는 당신을 떠올리는 중입니다. 문득 자전거가 '그러나'라는 부사와 참 어울린다는 생각은 어디서 굴러왔을까요. 당신의 멋쩍은 웃음이 보입니다. 그렇게 우리는 만났고, 여기까지 왔습니다. 걱정입니다. 왔던 길보다 가야 할 길이 더 멀기 때문인지 모르겠습니다. 그러나 우리에겐 죽은 듯이 누워서도 탈 수 있는 자전거가 있습니다. 가만히 누워서 페달을 밟습니다. 자전거가 서서히 움직이기 시작하는 건 페달을 밟을 때 생기는 힘 때문이 아니라 우리가 모르게 자전거의 앞바퀴와 뒷바퀴가 주고받는 이야기, 제각기 따로 그러나 자전거 안장 위로 은밀하게 솟아나는 둥근 숨결 때문인 것처럼 보입니다. 혹자는 개 풀 뜯어먹는 소리쯤으로 여길지도 모르겠습니다. 그러나 나는 괜찮습니다. 잠든 사람의 몸이 움직이는 것을 생각하면 죽은 사람 또한 그럴 수 있으리라 믿습니다. 오래된 습관인지 모르겠습니다. 나는 가끔씩 죽은 듯이 진행되는 이야기들을 떠올립니다. 이를테면 손에 붙은 손가락들과 발에 붙은 발가락들이 주고받는 이야기, 어떤 침묵이 전하는 이야기, 자전거 앞바퀴와 뒷바퀴가 귀엣말로 주고받는 농담이나 잡담 같은…… 나는 언덕을 만난 백발의 노인처럼 자전거를 옆구리에 끼고 이야기를 만들기 시작합니다. 구름이 이상하다는 듯 나를 구경하기 시작합니다.

나는 열 살입니다. 이렇게 쓰자 당신은 못마땅한 척 자전거 페달을 힘껏 밟습니다. 제 첫 동시집(『프라이팬을 타고 가는 도둑고양이』, 문학동네, 2009)에 실린 동시처럼 해와 달을 바퀴로 단 자전거입니다. 당신은 예의 그 환한 미소를 보여줍니다. 나는 미소도 감옥이 될 수 있다고 씁니다. 주지 않아도 받을 수 있는 선물이 될 수 있다고 믿습니다. 나는 자전거를 타고 아홉 살쯤으로 돌아갑니다. 아닙니다. 나는 원래 아홉 살이었는지 모릅니다. 나는 아홉 살 때부터 당신을 알고 있었다고 씁니다. 아홉 살? 생물학적 나이가 아니란 것쯤은 오리나 돌멩이도 알고 있으리라 믿습니다. 뭐, 몰라도 상관없는 일이기도 합니다. 내가 정한 '동시의 나이'니까요. 당신은 내가 동시를 쓰거나 읽을 때마다 등장합니다. 오리처럼 따라다니기도 하고 내가 써보려고 끙끙대는 글 위에 돌멩이를 갖다 놓기도 합니다.

문득 갑자기,라는 부사와 그러나,라는 부사가 참 친할 것 같다는 생각을 하게 됩니다. 당신은 도대체 무슨 말을 하는 건지 모르겠다고 투덜거릴지 모르겠습니다. 괜찮습니다. 내가 먼저, 내가 지금 무슨 말을 하고 있는 건지 잘 모르겠다고 생각했으니까요. 암튼 오늘은 베란다에 놓인 화분 속에 자전거를 심으면 어떨까, 하고 생각했습니다. 왜 자전거인지는 끝까지 밝히지 않겠습니다. 이젠 비밀 하나쯤은 가져도 될 나이라고 생각했으니까요. 비밀이 없는 사람보다 빈털터리는 없기 때문입니다. 내가 아는 자전거는 식물들과 한통속이 되어 '없는 세상'을 만들어내는 것을 좋아합니다. 그래서 그럴 것입니다. 동물들의 유혹에는 흔들리지 않습니다. 가끔씩 쓰러질 뿐입니다. 내가 화분에 심고 싶은 자전거는 구름을 뒷자리에 태우고 다니는 걸 좋아합니다. 구름은 마음만 먹으면 언제든지 사람이 될 수 있습니다. 나는 그렇게 생각합니다. 나는 지금 가만히 누워서 아홉 살과 열 살 사이를 오갈 수 있는 자전거를 만들고 있는 중입니다.

당신을 위한 선물로 자전거를 생각한 것은 언제쯤일까요? 이미 오래전에 당신에게 선물하고 싶었지만 아직도 하지 못한 '투명한' 자전거는 지금 어디쯤 세워져 있을까요? 비라도 맞고 녹이 잔뜩 슬어 있는 건 아닌지 걱정도 됩니다. 당신은 또 웃는군요. 그렇습니다. 우리가 생각하는 자전거는 그렇게 간단하지만은 않습니다. 내게 먼저 왔다가 당신에게 가거나 당신에게 먼저 갔다 내게 와야 하니까요. 암튼 아직도 선물하지 못한 투명한 자전거는 페루나 칠레 어디쯤에 세워져 있을지도 모르겠습니다. 뭐, 당신이 사는 충주 호암지를 오리와 함께 둥둥 떠다닌들 무슨 상관이겠습니다. 나는 자전거의 앞바퀴와 뒷바퀴는 태생이 다르다고 생각합니다. 당신의 오리와 돌멩이처럼 말입니다. 언젠가 당신과 허름한 술집에 앉아 자전거에 대해 잡담을 하고 농담을 할 날이 오리라고 믿습니다. 함께 굴러가지만 따로 노는 게 틀림없는 자전거 바퀴와 오리와 돌멩이에 대해 말입니다. 그 누구보다 동시를 사랑하는 당신의 마음처럼 무지 아름다운 날이 될 거예요.

어젯밤에 누워 있었는데 또 밤입니다. 밤도 가끔씩 자전거를 타고 옵니다. 오리를 신고 밤을 구경하는 당신이 보입니다. 당신은 빈손으로 있는 법이 없습니다. 돌멩이라도 쥐고 있습니다. 당신이 있는 밤은 고양이와 어울릴 줄 알았는데 오리와도 친하고 돌멩이가 숨기고 있던 날개를 꺼내 보여주기도 합니다. 우리가 가진 밤은 시간일까요, 장소일까요? 오리는 돌멩이를, 돌멩이는 오리를 설득할 수 있을까요? 바퀴가 하나뿐인 자전거를 타고 온 밤입니다. 나는 요즘 밤이 되면 무엇인가 잃어버릴 걸 찾습니다. 얼마 전까지만 해도 가질 것에 골똘했었는데 말입니다. 세상에 놓인 모든 돌멩이를 씻기면 당신의 얼굴이 나올 것 같은 밤입니다. 이쯤에서 이 편지를 읽고 있는 독자들에게 전합니다. "가만히 눈을 감아보아요." 나도 덩달아 눈을 감습니다. 당신은 기다렸다는 듯 또다른 형태와 윤곽을 가진 사랑을 보여주겠지요.

강가에 갔더니

오리 떼가 돌멩이처럼 앉아 있더라

돌멩이야? 오리 떼야?

가까이 다가가니까

놀란 오리 떼가 푸드드득 날아오르는데

깜빡 잠에서 깬
돌멩이도 몇 점
덩달아 날아오르더라

그날 가져온 돌멩이 하나
창가에 놓아두고 기다리는 중이야

그때 날아가지 못한 오리 한 마리가
저기,
돌멩이처럼 앉아 있어

—「오리 돌멩이 오리」 전문

잠에서 깨어난 돌멩이는 언제까지, 어디까지 날아오를 수 있을까요. 도라지꽃의 절망은 세발자전거라도 탈 수 있을까요. 첫 동시집 『고양이와 통한 날』(문학동네, 2008)을 시작으로 『고양이의 탄생』(문학동네, 2012), 『글자동물원』(문학동네, 2015)에 이은 당신의 이번 네번째 동시집은 이런 질문만으로도 충분히 아름답다는 생각을 하게 됩니다. 동시라는 장르의 근원을 탐색해 우리가 갖고 싶었던 바로 그 말을 살며시 손에 쥐여준다는 시집 소개말처럼 말입니다. 여기까지 오는 동안 당신은 얼마나 아팠을까요. 또 얼마나 울고 싶었을까요. “이 동시집은 오리일 수도 있고 오리와 오리 사이에 있는 돌멩이일 수도 있다. 알고 싶다면 우선 가까이 다가가야 한다. 망설일 것 없다. 낯섦과 경계를 허물고 시인이 먼저 우리를 향해 마중을 나와 있을 테니까. 돌멩이처럼 무해하고 오리처럼 유려한 말의 곡선을 지닌 동시들이니까.” 김준현 시인의 해설처럼, 그리고 “너에게 주는 말이니까 이제부터 네 말"이란 당신의 다정한 말처럼.

자전거 타기를 좋아하는 당신이라면 나보다 훨씬 더 깊이 자전거의 마음을 읽을 수 있겠죠. 나는 잘 안 됩니다. 오늘도 나는 아홉 살이나 열 살 즈음의 녹슨 자전거를 타고 학교 운동장으로 울러 가야 할지 모릅니다. 돌멩이에게서도 날개를 꺼낼 수 있는 당신의 작품 때문일 것입니다. 나는 자전거를 타고 하늘을 달리는 새들의 모습을 상상합니다. 그래서 당신과 나 사이를 오가는 자전거가 사라질까봐 걱정입니다. 죽는 날까지 그럴 일이야 없겠지만 그래도 가끔씩은 이렇게 중얼거리게 됩니다. "한결같군. 슬픔이 자전거를 타고 오는군." 그러나 내겐 당신이 있고, 한여름에도 한겨울에도 길러야 할 「사월 꽃말」이 있습니다.

엄마, 꽃집에서 적어 왔어

모든 슬픔이 사라진다
이건 미선나무,

고난의 깊이를 간직하다
이건 꽃기린.

둘을 붙이면,

모든 슬픔이 사라진 다음에도
고난의 깊이를 간직하다

엄마, 우리 이 말 기르자

—「사월 꽃말」 전문

미선나무를 심을 땐,

가지 하나를 잘라
갖고 있자

모든 슬픔이 사라지면
안 되니까

슬픔 하나는,
잘 말려서 갖고 있자

—「사월 꽃말 2」 전문

당신은 아직도 잘 모르겠지만 당신이 내게 준 최고의 선물을 생각합니다. 「사월 꽃말」이라고 씁니다. 사람이 '사랑의 꽃말'이라고 씁니다. 그러니까 사물이 아니더라도 사람은 반으로 쪼갤 수도 있겠습니다. 제각기 다른 빛깔의 사랑이 꽃말처럼 흘러나오리란 믿음 때문입니다. 그래요. 오늘도 당신과 나는 그 무엇인가에 대해 이야기를 나누고 있는 중인지도 모르겠습니다. 이를테면 내가 시는 언제나 써지지 않은 무엇이라고 말하면, 당신은 그러므로 언제나 새롭게 써야 하는 무엇이라고 말하는 것입니다. 어쩌면 세상의 모든 시간은 우리가 살았던 시간인지도 모르겠습니다. 그저 존재하는 것만으로도 감사한, 그런 사람이 있습니다. 그런 한 사람이 있습니다. 그런 한 세계가 있습니다. 그래서 전합니다. 그래, 우리 "자전거를 기르자". 당신이 『오리 돌멩이 오리』에 적어놓은 「사월 꽃말」처럼…… 이만 줄입니다. 내내 건필하시라거나 평안하시라는 인사는 하지 않겠습니다. 그저 지금까지의 아름다움을 다치거나 쓰러지지 않게 잘 간직하시길……

난 늘 이상하고 신기한 세상을 기다렸어

—환(幻)의 외연과 심연

1

열한 살쯤 되는 아이가 묻는다. "엄마, 난 어디서 왔어? 난 누구야?"(이영광, 「열한 살」, 『아픈 천국』, 창비, 2010) 다소 불량스럽기도 하고 불안하기도 한 이 질문에 동시를 쓰는 당신이라면 무슨 답을 내놓을 것인가. 속된 말로 '머리에 피도 안 마른 게' 하고 꽁꽁 머리에 뿔이라도 달아주며 답을 얼버무리기 전에 곰곰 생각해보면, 이 질문은 어른들 입장에서는 얼마나 한심하고, 아이 입장에서는 얼마나 절박한 것인가.

중국 명나라의 사상가 이지(李贄)의 「동심설(童心說)」은 아이의 마음 그대로를 존중한다. 공자가 세워놓은 기준으로 옳고 그름을 판단하는 것에 반대한 그에 따르면 아이는 사람의 처음 모습이며, 동심은 마음의 처음 모습이다(대저 최초의 마음이 어찌하여 없어질 수 있으며, 동심은 왜 느닷없이 사라지고 마는 것일까? 원래 듣고 보는 것이 귀와 눈으로 들어와 마음 안에서 사람을 주재하게 되면 동심이 없어지게 된다). 따라서 "엄마, 난 어디서 왔어? 난 누구야?"란 질문은 시대를 초월한 인간의 보편적인 감성을 대변하는 논제로 놓이며, 우리가 인생 전반에 걸쳐 풀어나가야 할 숙제가 아니라 지금 이 순간 우리가 숨을 쉬며 두근두근 살아 있는 이유와 맞물린다. 그러니까 아이의 마음은 진심(夫童心者眞心也)이고, 아이의 마음이 올바르지 않다고 생각한다면 진심을 인정하지 않는 것(若以童心爲不可是以眞心爲不可也)이 된다.

2

아이들은 독립된 주체로 존재할 수 없다고 믿는 어른들에게 동심은 스스로의 진심(眞心)마저 왜곡할 수도 있는 그럴듯한 수사(修辭)에 가깝다. 당연히 추억으로 가는 당신이 될 수밖에 없다. 물론 추억으로 가는 당신이 거기서 삶의 위안을 찾는 동심은 순수하고 아름답다. 그러나 창작자 입장이라면 곱씹어볼 게 있다. 상투적인 이야기지만 진심(眞心)과 진심(盡心)은 다르다. 진심(眞心)은 거짓이 없는 오로지 참된 마음을 말한다. 진심(盡心)은 마음을 다한다는 뜻으로 자기의 본심을 철저히 발휘함을 뜻한다. 예컨대 사랑을 고백할 때 진심(眞心)이란 말을 사용하면 참된 마음으로 사랑한다는 뜻이 되고, 진심(盡心)이란 말을 사용하면 온 마음을 다 바쳐서 사랑한다는 뜻이다. 사랑을 고백받는 입장에서 보면 무슨 상관인가. 얼핏 둘 다 좋다. 그런데 마음을 다하긴 하지만 그 마음에 사악한 음모나 욕망이 가득차 있다면 사정은 달라진다. 진심(盡心)은 위험할 수도 있는 말이 되는 것이다. 참된 마음으로 사랑하는 건 그 어떤 의도가 내재해 있지 않음을 의미하므로, 사랑을 할 때에는 먼저 진심(眞心)

으로 시작하는 것이 맞다. 400년 전 이지의 「동심설」은 진심(眞心)으로부터 시작된다. "대저 이미 견문과 이론으로 마음을 삼으면, 말하는 것이 모두 견문과 이론의 말이지 동심에서 저절로 나오는 말이 아니다(夫旣以聞見道理爲心矣則所言者皆聞見道理之言非童心自出之言也)"라고 했다. 동시를 쓰든 동화를 쓰든 아동문학을 하는 작가 입장에서는 결코 간과해선 안 될 말이다. 학문과 문학이 갈라지는 지점이기도 한 이 말은 공부를 많이 하고 논리적인 사람은 동심을 잃어버렸거나 잃어버릴 확률이 꽤 높다는 의미로, 학식이 오히려 참된 마음을 상실하게 할 수도 있다는 것이다.

3

이쯤에서 동시를 쓰고 있는 어른 작가 입장이라면 물어야 한다. 동심의 유통기한은 언제까지인가? 2014년 문화일보 신춘문예 평론 당선작(조윤정, 「어른의 동심」)에서 소설과 관련하여 짧게 언급된 이 질문은 동시와 관련해서도 주목할 필요가 있다. 동심이 갖는 순수의 전조들은 문학을 넘어 이미 방송과 영화를 통해 시청자들을 위안하는 소재가 된 지 오래란 사실을 전제로 한 이 글의 핵심은 그러나,라는 부사로 수많은 질문을 유도한다. 즉 동심을 가질 수 있는 주체와 동심이 야기하는 행위의 예측 불가능성이 순수에 대한 막연한 믿음을 넘어 다른 질문을 낳게 했다는 것이다. 이를테면 동심은 어떤 행위를 낳을 수 있는가, 저마다 자기의 근원에 자리한 동심의 궁극에는 악을 이길 수 있는 선이 자리하고 있는가 등등의 방식으로 확장되며 파장을 낳는 것이다. 그리고 결론은 이즈음의 소설들은 어른이 상실한 동심을 추억하는 단계를 넘어 그것의 본질을 사유하고, 그것이 상실되거나 변질되는 원인을 폭로하며, 동심이 야기할 수 있는 행위와 다른 감성을 서사화하는 데까지 나아갔다는 데 이른다.

그렇다. 현실은 우리가 각자 의식하는 현실일 뿐이다. 현실을 있는 그대로 정확하게 바라보고 그것을 똑같이 재현하는 것은 애초에 불가능하다. 모든 현실은 스스로 훼손되고 왜곡된다. 현실은 있는 그대로의 사실로 존재하지도 않는다. 바로 지금 여기라는 첨예한 현시적 사태를 즉물적으로 표현할 수 없기 때문이다. 현실과 세계 사이에 의식이 가로놓여 있고 그 의식에 의해 왜곡된 세계가 현실을 지배하고 있다. 따라서 모든 현실은 의식에 투과된 현실이다. 현실은 다양한 의식들로 두텁고도 단호한 겹을 이룬다. 우리가 흔히 말하는 동심이 그렇다. 따라서 동심이 아름답다는 정의는 우리의 의식이 피워올린 막연한 환상에 불과할지 모른다. 그러니까 동심의 순수성을 훼손할지 모른다는 의미다. 이는 곧 진심(眞心)이 왜곡되는 것이다. 사실의 표정 속에 실재의 내밀한 비의가 숨어 있고 생동하는 현실이 살아 숨쉰다. 시인에게 모든 사실은 의미가 고정되지 않은 가능적 질료이자 요지경 세계에 현시되는 하나의 사태이다. 시인의 눈이 날렵하면서 깊은 것은 마음이 복잡하게 분화하기 때문이다.

이런 까닭이다. 우리는 무작정 동심의 아름다움을 예찬할 것이 아니라 동심의 순수성과 그 꾸밈 없는 거짓에 대해 고민하고 사유해야 한다. 아이들은 어른들의 욕망이 투사된 어떤 이상이나 꿈이 아니기 때문이다. 아이들의 이야기 속에는 분명 아이들의 현실을 넘어선, 혹은 어른들에게 감추고 싶은 마음들이 숨어 있다. 그것이 진심(眞心) 아닌가. 아이들이 자신들도 모르게 스스로의 현실을 넘어서거나 감추고 싶은 그 마음들이 진짜 동심은 아닌가. 그러니까 동심을 지배하는 것은 외연이 아니라 심연(深淵)이다. "난 늘 이상하고/신기한 세상을 기다렸어"(송찬호, 「초록 토끼를 만났다」)라고 말하는 아이를 시적 주체로 내세운 송찬호의 동시가 이 지점에서 발화한다. 너무나 사소한 것, 혹은 거짓말에 대한 의미 부여도 심연으로부터 파생된다. 그렇다면 어둠의 내부처럼 보이지도 만져지지도 않는 심연을 밝혀줄 뜨거움은 어디에서 오고 어떻게 가능한가. 결국 동심을 버릴 수 없는 인간 조건에 대한 끝없는 탐사와 모험으로부터 이 뜨거움은 점화된다. 그러니까 동시를 쓰는 어른 작가들에게 동심은 일종의 환(幻)일지 모른다. 심리학자 피아제에 의하면 어린이들의 현실 세계는 우리가 환상이라고 부르는 것으로 이루어져 있다고 한다. 어린이들은 현상에 대한 이성적 설명과 환상적 설명 중에서 거의 틀림없이 후자를 믿는다. 왜냐하면 그것이 훨씬 더 설득력이 있기 때문이다. 그리하여, 우리는 지금 "초록 토끼를 만났다". 거짓말이 아니다. "초록 호랑이도 만난 적 있다니까".

4

초록 토끼를 만났다
거짓말 아니다
너한테만 얘기하는 건데
전에 난 초록 호랑이도 만난 적 있다니까

난 늘 이상하고
신기한 세상을 기다렸어

'초록 토끼를 만났다'고
또박또박 써 본다
내 비밀을 기억해 둬야 하니까
그게 나에게 힘이 되니까

—송찬호, 「초록 토끼를 만났다」 전문
(『초록 토끼를 만났다』, 문학동네, 2017)

송찬호가 이 작품을 통해 동심에 대응하는 방식은 환이다. 아이가 중얼거리듯 써내려간 이 환상은 시인의 심연을 통해 물고기처럼 솟아오른 동심으로 지금 이 시대를 살아가는 아이의 것이면서 어른의 것이 될 수 있다는 점에 주목할 필요가 있다. 이처럼 동시는 어떤 근원의 세계에 도달하고자 하는 시인의 눈과 마음으로 창출해낸 아름다운 환상이며 그 환상은 동심으로 다시 태어나는 것인지도 모른다. 이는 송찬호가 비슷한 제목으로 어른들에게 주는 시를 통해서도 확인할 수 있다.

해 뜨는 동쪽에서 토끼가 왔다
여느 선지자처럼,
계수나무 가지 하나 꺾어 들고

토끼는 간단한 기적을 보여주었다
앉은뱅이 포도나무를 벌떡 일으켜 세웠고

고장 났던 벙어리 TV가 갑자기 박수 치며 떠들기 시작하였다

빨간 눈, 도톰한 발, 흰 털 빛……

예나 지금이나 골고다 언덕은
여전히 순결하고 시끄럽고나

어쩔 것이냐 토끼야,
우리 분쟁이 많아서
국가의 수많은 귀가 너처럼 점점 더 커진다면

우리 악수나 한번 하자
나는 이쪽 너는 저쪽, 잘 가거라
깡총깡총 뛰어가거라

—송찬호, 「토끼를 만났다」 전문
(『분홍 나막신』, 문학과지성사, 2016)

우연이지만, 송찬호가 비슷한 제목으로 각각 어른과 아이에게 주는 이 두 작품에 대해 앞에서 언급한 조윤정의 글 「어른의 동심」(송찬호의 시나 동시와는 전혀 상관없는 글이지만)에 나오는 한 구절을 가져와 주석을 달면 이렇게 된다. 우리는 저마다 유리벽을 안고 살아간다. 이 유리벽은 내부에서 아이와 어른의 세계를 가르는 유리벽이다. 우리가 어떤 작품을 통해 새로운 감수성을 만나게 되는 것은 이 때문이다. 송찬호가 보여주는 두 개의 시편처럼, 창작자들은 주체의 외부에 존재했던 아이와 어른의 경

계를 지우고 아이에게서 어른의 세계를, 어른에게서 아이의 세계를 포착한다. 독자 입장에서 보면 놀랍지 않은가. "우리 악수나 한번 하자/나는 이쪽 너는 저쪽, 잘 가거라/깡총깡총 뛰어가거라". 시인 송찬호에 의해, 여느 선지자처럼 해 뜨는 동쪽에서 어른들에게 왔던 토끼를 아이들이 만난다는 것. 그것도 초록 토끼를 말이다. 그리고 보다 중요한 것은 송찬호의 진술처럼 이것이 거짓말이 아니라는 점이다. 물론 근원의 세계에 도달하고자 하는 이유만으로 이 환상이 생산적이라고 단정 지을 수는 없다. 그러나 문학에서 환은 생산적인 꿈을 꾸기 때문이 아니라 그 꿈을 꾸는 과정에서 드러나는 심연의 거울로 자신을 비춰볼 수 있어 더없이 소중한 것이 아닌가. 그것은 곧 현실을 이겨낼 수 있는 잠재된 힘의 발견을 통해 스스로 사랑을 확인하고 확보해나가는 방식이 된다. 조윤정이 언급한 것처럼 우리가 동심을 말할 때 흔히 떠올리는 순수(innocence)라는 말은 '죄책감이나 죄에서 자유로운'이란 뜻을 가진다. 그것은 달리 말해 '자기 속에 있는 악을 인식'하거나 또는 '악에 연루된' 현실을 부인하지 않은 채 어린아이 같은 태도를 유지하는 것이다. 따라서 우리는 한 번 더 진심(眞心)으로 물어야 한다. 어른 작가로서 아이들에게 줄 만한 진지한 사색이 있었는가, 동심이란 문학적 공간에 대한 진지한 성찰은 있었는가, 하고 말이다. 분쟁이 많아서 "국가의 수많은 귀가 너처럼 점점 더 커진다면" 어쩔 것이냐고 걱정스러워하던 어른 시에서의 토끼와 동시에서의 초록 토끼만 읽어봐도 반성적 의식을 가질 수 있다는 얘기다. 송찬호가 동시를 통해 다시 불러낸 초록 토끼는 아이가 억압의 세계로부터 스스로를 지켜내고 현실 세계에서 받은 상처를 치료하며 세상에 적응하는 방법이다. 늘 이상하고 신기한 세상을 기다리는 아이들을 위한, 그리고 그 거짓 없는 동심에 대한 무한한 사랑이 시인으로서 모든 인간들에게 복제하고 싶은 원초적 나르시시즘이라고 한들 무슨 상관인가. 그게 어른인 나에게도 아이에게도 "힘이 되니까".

5

참새들이 찔레나무 덤불로
마을 정자 지붕으로
감나무 가지로
우루루 우루루 몰려 다닌다

저렇게 돌아댕기지 말고
우리 집 배추밭
배추벌레나 잡아먹었으면

내가 쫓아가면
조금 더 날아가 앉고
조금 더 날아가 앉고

참새들이 나한테 까분다

—송찬호, 「참새들이 까분다」 전문
(『초록 토끼를 만났다』)

열한 살 아이가 서먹서먹 엄마 곁에 앉으며

엄마, 난 어디서 왔어?

난 누구야? 묻다가는 시무룩해져

골똘히 생각에 잠길 때.

'자기'라는 방문객

고락의 처음.

피 흐르는 몸을 지나 여기 왔으나 실은

아득히 먼 곳의 자식.

허공과의 평생 내전이

허공에의 눈먼 사랑이

점화하는 순간.

착한 아이는, 엄만 누구야? 묻지 않지만

세상의 모든 어미가 더럭,

계모가 되는 순간.

—이영광, 「열한 살」 전문

동심은 아이의 마음 그대로를 존중하는 것이라는 이지의 「동심설」을 굳이 염두에 두지 않더라도 동시를 쓰는 시인들이나 동화를 쓰는 작가들에게 동심은 스스로를 사랑하는 일이다. 그러니까 우리 생이 가진 최후의 보루인 셈인데, 세상을 사랑하고 타인을 사랑하다 지친 사람들에게 더없이 절실한 말이다. 결국 사랑하다 지쳐서 더는 사랑할 게 없는 사람들에게 어울리는 말이다. 말이란 게 그렇다. 해석하기 나름이다. 세상을 사랑하고 타인을 사랑하는 사람들은 자기 자신도 사랑받고 있는 것이다. 지쳐서 스스로를 사랑하기 이전에 우리는 충분히 타인에게 사랑받고 있었다. 이 얼마나 다행한 일인가. 이영광의 시집 제목처럼 지금 바로 여기, 물질만능의 시대, 아이들은 엄마 아빠가 아프고 어른들은 아이들이 아픈, 이 '아픈 천국'에서……

기척

—송찬호, 『여우와 포도』(문학동네, 2019)

송찬호 선생님께.

온다. 밤에게 이야기하듯

잘 지내시는지요? 전 잘 지내요. 너무 잘 지내는 것 같아서 그게 걱정이에요. '밤에게 이야기하듯' 그렇게요. 걱정하지 마세요. 마스크를 쓰기 싫어서, 커피를 한잔하고 싶어도 제가 사는 동네 '8월의 크리스마스'란 간판이 달린 북카페 입구에 놓인 이상한 공책에 이름을 놓기 싫어서 베란다 빈 화분처럼 앉아 있어요. 그러니까 너무 걱정하지 마세요. 얼마나 다행스러운 일인 줄 모르겠어요. 밤에게 이야기를 할 때도 마스크를 쓰는 건 아니니까요.

아무튼 와요. 지금

기척,이란 단어가, 누군가가 있는 것 같은데 보이지 않는 사람을 그리워하거나 아파하다가 한 음절로 뱉고 싶은, 그렇게 간절해지고 싶은 마음을 말하고 있으니까. '신종' '코로나' '바이러스' '19' '감염' '확진' '변이'…… 이런 단어들은 아니에요. 어젯밤이었어요. 오랜만에 시가 한 편 오나, 했는데 다른 낌새가 왔어요. 아시죠? 온다는 느낌 말이에요. 그런데 아직도 진행중인 직시동사일 뿐이에요. 그런 까닭일 거예요.

고요,란 단어는 무슨 열매 같아요.

선생님 말씀처럼 이건 「종이나라에서 생긴 일」(『동시마중』 2020년 9·10월호)이라고, 나는 애써 종이 밑으로 시를 쓰기 위해 가지고 있던 단어들을 구겨 넣어요. 그리고 종이 위로, 종이 바깥으로 나가도록 나는 그걸 절대로 놓아주지 않아요. 여기가 어딘지, 어디까지가 마지막인지, 어디서부터 다시 시작해야 하는지 스스로 물을 수 있을 때까지 머리가 종이 바닥을 뚫고 나오도록 가만두질 않아요.

사랑이 아닌 것은 살고 싶지 않으니까요. 그렇다고 사랑만 데리고 살 순 없으니까요. 시를 쓰며 살다보니까 알게 된 것 같아요. 그게 어떤 사랑이든 그게 어떤 아픔이나 슬픔이든 시가 가장 먼저 발견한다는 걸요.

그래서 처음부터 다시 이야기를 해야 할 것 같아요. 그런데 무슨 이야기를 하고 싶은 건지 이야기를 하려는 제가 더 궁금해요. 아무래도 세상에 없는 이야기를 하고 싶나봐요. 이럴 땐 제가 사람이 아니라 바람이란 생각이 들어요. 요즘은 이런 생각 때문에 웃는 날이 많아요. 우습죠? 암튼 오랜만에 시를 한 편 쓰나, 했는데 제목만 정했어요. '떠나지 못했어요,란 말 데리고 밥 먹으러 가요' 어때요? 신파지만, 뭐 어때요. 인생이란 게 그저 그렇고 그런 신파잖아요. 그래서 그래요. 제목만 달랑 있고, 단 한 줄을 쓰지 못하더라도 다음 시집 제목으로 데리고 있을까 해요.

혼자 산 지 오래되었고 둘이 산 지는 더 오래되었다,는 이 한 문장으로
끝이었으면 좋았을 이야기가 겨울을 지나 봄으로 가는
눈사람처럼,

그러나
조금 외롭든 많이 외롭든 어쨌든

선생님이 쓴 종이나라에서 재미있게 살고 싶은 나는 어쩔 수 없이 나와 헤어지기 시작했습니다. 아홉 살이나 열 살쯤으로 돌아가려면 그래야 하니까요. 이럴 때 곁에 누군가가 있으면 좋았겠지만, 지금 오고 있는 단어를 신(神)이 되고 싶은 게 틀림없는 우리 집 고양이의 귀에 대고 속삭이는 중입니다. 난 그게 무슨 단어인지도 모르고요. 신은 내가 앉을 소파를 차지하고 새근거리는 고양이 한 마리도 설득하지 못했다는 사실을 아는 모양입니다. 아무 기척이 없습니다.

빵을 만들려고
밀가루를 반죽하는 동안
고양이가 옆에서 지켜보았다

고양이가 떠나고

밀가루 반죽이
부푸는 시간이 되었다

그런데, 고양이는
맛있는 빵만
생각하다 떠났겠지만

밀가루 반죽은
고양이의 그 호동그란 눈이
마음에 맺혔나 보다

밀가루 반죽이
부풀어 오르면서
'야옹' 소리를 냈다

—「밀가루 반죽과 고양이」 전문

선생님의 이 작품을 읽고 한참을 멍하게 앉아 있었습니다. 그리고 혼자서 이렇게 우겼습니다. 아무 기척이 없습니다, 아무 기척이 없습니다, 아무 기적이, 아무 기척이 없습니다,라고 말입니다. 그러다 썼습니다.

문득
아프다는 건 더이상 머릿속에서도 심장에서도 아무 일이 일어나지 않을 때의 기분이 살을 입을 때란 생각을 하게 되고, 그런데도 아무도 속상해해주지 않는다는 건 좀 이상한 일이라고,

물이 깨지는 소리가 들리기 시작했습니다,라고 써놓고 머리끝까지 이불을 뒤집어썼다가 아무래도 전생이 물고기였다는 생각을 한 후부터, 다시

조금 외롭든 많이 외롭든 어쨌든, 이건 종이나라에서 생긴 일이니까
깨진 여우를 줍듯이 구름이 흘린 말을 입으로 줍기도 합니다.

선생님, 지금도 눈에 선합니다. 몇 년 전 서울문화재단 심사를 마치고 박성우 시인과 셋이서 소주 한잔을 마신 뒤 서울역에서 헤어질 때의 시간을 떠올리면 아직도 가슴이 두근거립니다. 선생님은 잘 모르시겠지만 제겐 '아름다움'이란 단어를 온몸으로 느꼈던 최초의 시간이었거든요. 그땐 정말 선생님도 저도 「나이 많은 늑대」가 아니라 아기 돼지였다는 생각이 듭니다. 그러니까 이젠 신문에나 나올 법한 이야기일까요? 전 요즘도 우울한 날이면 선생님의 '여우'나 '늑대'를 읽으며 킥킥 웃기도 한답니다("늙은 늑대가/돋보기 안경을 쓰고/흔들의자에 앉아/신문을 읽는다//신문을 아무리/구석구석 훑어봐도/늑대가 돼지나 양을 물어 갔다는/기사는 찾을 수가 없다//요즘 젊은 늑대들은 어디에서 살까/깊은 숲속에는 먹이가 많을까/참, 아기 돼지 삼형제도 이제 어른이 됐겠다"—「나이 많은 늑대」 전문). 이 작품을 처음 발표하실 땐 '늙은 늑대'였죠? 제목을 수정하신 건 신의 한 수였던 것 같아요. 제가 생각하는 아름다움은 아무리 나이를 먹더라도 끝내 늙지는 않아야 하니까요.

종이가 깡충깡충 뛰어왔어요
모두 놀랐어요

안 돼,

종이가 깡충깡충 뛰어다니다니!

종이를 접었어요

풀칠도 했어요

그래서 이렇게 바뀌었어요

종이 토끼가 깡충깡충 뛰어왔어요!

—「종이나라에서 생긴 일」 전문

밤에게 이야기하듯

나의 모든 것이자 그래서 아무것도 아닌 것들에게, 그러나

선생님, 아직도 오지 않았어요. 베란다에 앉아 베케트처럼, 아니 바게트라도 좋아요. 지금 나는 누군가를 그리워하고 있으니까, 그 마음을 하나의 단어로 말하고 싶으니까, 라고 중얼거리며 달을 올려다보아도 말이에요. 그래서 하는 말이에요. 이 이야기의 마지막엔 아주 늙은, 아니 '나이 많은' 사탕단풍나무처럼 누가 서 있었으면 좋겠습니다. 선생님, 다시 뵐 때까지 건강 유의하시고 내내 행복하셔요. 이런 말로 종이나라에서 생긴 일을 줄이기 전에 꼭 하고 싶은 말이 있어요.

"포도가 내 손가락도/와앙, 깨물"(「여우와 포도」)듯이

내 발가락이 내 몸을 깨물듯이

떠나지 못했어요, 란 말 데리고 밥 먹으러 가요.

같이 가요. 당신도 가요. 꼭 그러면

좋겠어요.

생강밭 하느님과 '울 곳'

—세상의 모든 질문은 답이 없는 동안 시가 된다

최근 몇 년간 우리 동시는 그 어느 때보다 다채롭고 풍성해졌다고 단언할 수 있다. 지난 2007년 고 김이구 평론가가 지적한 우리 '동시단의 4무'를 극복, 그동안 뿌리 깊게 답습해온 동심천사주의 등의 상투적인 어린이 인식과 창작자로서의 시 정신도 없이 재생산하는 낡은 감각의 동시를 배반하는 작품들이 마침내 '신생의 사건'들을 만들어내기 시작했기 때문이다. 유치한 말장난이나 순간적인 재치나 아이디어에 안주하던 동시들, 낡은 서정의 범주 내에서 숨을 죽이고 있던 목소리들이 "최고의 동시가 되기 위해서는 기본적으로 최고의 시가 돼야 한다"(김이구, 「해묵은 동시를 던져버리자」, 『해묵은 동시를 던져버리자』, 창비, 2014)는 명제를 조금씩 실천하고 있는 것만은 분명해 보인다. 그러나 아직도 뭔가 아쉽고 부족하다는 느낌은 왜일까?

이 질문은 성인 시단에서 일어나는 비평 논쟁의 뜨거운 풍경이 동시단에서는 보이지 않는 불행과도 맞물려 있다. 그것이 설령 수사적 명명이라고 하더라도 명쾌한 근거 혹은 판단 기준이 없다는 이유를 핑계 삼아

당장의 답은 유보될 수밖에 없다. 하지만 우리는 그 올바른 답을 위해 스스로 또 하나의 질문을 추가해야 한다.

1
왜 아직도 이오덕이 유효한가

지금 우리 동시단에서 새로움에 대한 탐색은 강박일까? 서두에 언급했듯이 시를 쓴다는 것이 어떤 사건이나 서사를 새롭게 탐색하거나 체험하면서 만들어내는 창조적 행위라면, 그 시를 아이들을 위해 쓰고 선물한다는 것은 그 아이들의 생활은 물론 일상과 동떨어진 '몽상'까지 창작자 스스로 겪거나 체험하기 위한 노력이어야 한다. 이를테면 시가 독자들이 보편적으로 인식하고 있는 문화 일반 혹은 교양 세계 전반의 구심점이라면, 동시는 어른들과 아이들의 세계가 하나로 융합되는 새로운 용광로여야 한다. 어쩌면 동시가 가지는 시적 사유의 영향력은 여기에서 나오는 것인지도 모른다. 동시를 읽는 독자들이 어른이건 아이들이건 시의 미래는 언제나 새로움을 담보로 한다는 얘기다. 그렇다면 동시의 새로움은 어디에서 찾을까. 일단 그 양상을 두 가지로 구획할 필요가 있다. 하나는 현재를 경계로 하는 이전 시대와의 차이를 극복하기 위한 새로움 즉 외적, 의식적, 세대론적 차이로서의 새로움이다. 다른 하나는 창작자가 스스로 넘어서야 하는 새로움 즉 내적, 무의식적, 자기 갱신을 위한 실천적 의미의 새로움이다.

동시는 얼핏 어른들 손바닥 크기의 작은 지면 위에 글자들이 쭈뼛쭈뼛 몽당연필처럼 말없이 박혀 있는 메마른 풍경에 불과하다고 생각할지도 모른다. 그러나 아이들이 그 글자들을 읽기 시작하는 순간, 동시는 하나의 우주로 변해 꿈틀거린다. 니체가 말한 최후의 인간은 지금 세계의 인간들을 지칭하지만, 동시를 창작하는 입장에서 보면 예외가 있다고 반박할 수 있다. 아이들 때문이다. 시적 주체로서 바라보는 아이들은 최초의 인간이다. 따라서 이즈음 우리 동시가 원하는 새로움은 강박보다 물화된 시대와 결탁한 어른들의 욕망에 쫓기는 아이들을 위해 감행하는 모험에서 나오고 그 답은 미지의 영역이다. 이와 같은 가설에 대한 답은 이미 나와 있지 않은가. 동시 창작자들이 흔히 앞세우는 동심에는 세상이 모르는 이야기들이 가득차 있기 때문이다. 따라서 우리는 이쯤에서 다시 한번 우리 동시를 냉정하게 돌이켜보아야 한다. 지금 우리 동시에는 성인 시처럼 1980년대 역사와 시대에 대한 채무 의식도, 1990년대 선형적 관점이나 진화와 문학사적 연속성의 관점에서 탐독할 만한 그럴듯한 서정도 없다는 사실을 부정할 수 없기 때문이다. 냉정하게 말해 창작자 입장에서 보면 탐독할 시적 모험이 없고, 동시를 읽는 아이들 입장에서 보면 '재미'마저 없는 현실이 아닌가. 아직도 이오덕이 유효한 까닭이다. 동시는 어른인 창작자가 스스로 가진 세계를 온몸으로 쓴 것이다. 그러니까 어른으로서의 '날것' 그 자체가 아이들에게 그대로 이해되고 받아들여져야 한다. 동시,라는 이유로 어른이 스스로 아이들의 눈높이에 맞춰선 안 된다. 물론 아이들이 가진 세계에 대한 시인의 깊은 관심과 애정, 이해가 선행되어야 한다. 이때 아이들의 세계는 관념적인 동심이 아니라 시대에 맞는 아이들의 현실이어야 하고, 여기서 시인으로서의 세계관이 반추된다. 동시에서 시 정신이란 말이 통용되는 지점이다. 이오덕이 『시정신과 유희정신』(굴렁쇠, 2005)을 통해 한국의 동시는 거의 대부분이 참된 시 정신으로 제출된 결과물이 아닌 것 같다고 지적한 이유는 여러 가지가 있지만 가장 근본적으로 되짚어봐야 할 지점이 바로 여기다. 자칫 모방과 정체 상태로 떨어지기 쉬운 형식상의 문제와 창작자로서의 자기 갱신이 이뤄지는 곳이기 때문이다. 이쯤에서 반문해보자. 동시도 분명 시인데, 왜 시란 느낌이 들지 않고 유치한 아이들의 모습과 말이 먼저 오는 것일까? 그것은 창작자인 어른이 아이들의 의식 상태를 슬그머니 가져와 얄팍한 언어로 재주를 부리거나 흉내를 냈기 때문은 아닐까.

앞에서도 언급했듯이 우리가 흔히 말하는 동심은 세상이 모르는 이야기들로 가득차 있다. 그러니까 동시를 쓰는 창작자들은 동심을 빙자해 유치한 말장난이나 순간적인 재치가 아니라 자기 갱신을 통해 세상이 모르는 이야기들 중 어떤 이야기가 재미있을까 혹은 어떤 이야기로 그들의 우주를 넓혀줄 수 있을까를 늘 고민해야 한다. 이외에 무슨 방법이 있겠는가. 그리고 결코 간과하지 말아야 할 것은 어른들이 선을 그어놓은 세상의 금기를 향해 '왜 안 되느냐'고 반문할 수 있는 존재가 바로 아이들이라는 사실이다.

동화가 그렇듯이 동시 또한 어른과 아이들의 경계를 허문 인간의 본성을 다루고 있다. 여기서 말하는 본성은 윤리 도덕 교육에 앞선 그 무엇이다. 문학의 위상은 여기에 있다. 특히 아동문학은 어떤 창작 기법이나 기교의 문제 이전에 동심을 바탕으로 한 기본적인 플롯이 있고, 그 서사 속엔 이미 스스로 망가지기 시작한 인간들의 삶이 있고, 그 삶을 다시 재생시킬 빛과 희망이 있다. 따지고 보면 일종의 미로 탐사인 셈인데, 지금까지 우리 동시에서는 거의 찾아볼 수 없었던 지점이다. 왜일까. 지극히 개인적인 의견일지 모르지만 시적 주체로서 이른바 좋은 시의 세 가지 요건, 즉 미학적 가치나 정서적 가치, 인식적 가치를 굳이 따지기 전에 '철학의 빈곤' 때문은 아닐까?

2
진술과 진실
그리고 파토스

사소한 진술에 의해 존재에 대한 진실이 밝혀질 때, 아니 지극히 보편적인 진술이 존재에 대한 질문으로 돌입할 때 우리는 알 수 없는 파토스를 느낀다. 그것은 선악의 구도, 어쩌면 그 이상의 경계마저 허물 수 있는 사랑이 존재하기 때문이다.

담임 선생님은,
공부 시간에 엎드려 자는 애들에게
"하느님이 깔고 앉은 놈들!"이라고 한다.

요즈음,
우리 동네 생강밭에는
아주머니들이 한가득 엎드려 일하신다.

도르래 삐걱삐걱,

생강 굴에 생강 포대를 내리고,

늦은 밤 방바닥에 엎드려 일기를 쓴다.

— 하느님이 깔고 앉아서

납작해진 아줌마들이 생강을 캔다.

일기 끄트머리에

선생님이 빨간 글씨를 써 놓았다.

— 그건, 어머님들이 하느님을 업어 주는 거란다.

—이정록, 「생강밭 하느님」 전문

(『저 많이 컸죠』, 창비, 2013)

오빠랑 언니들도 아까부터 지달리구 있는디

뭘 그르케 자꾸 꾸물대는 겨

그르케 자꾸 꾸무럭거리믄 떼 놓구 갈 텡께 알아서 햐

어여 어여 날 새기 전에 가야 하니께

싸기싸기 내려오니라

비얌이랑 쪽제비가 일어나기 전에

어여 물로 가야 하는디

당최 쫑마리가 저런다니께

엄마두 인제 몰러

오든지 말든지 맘대루 햐

엄마 원앙이가 언니들 앞에 서자

일곱 마리 원앙이가 졸래졸래 따라간다

멈칫대던 막내가 그때사

느티나무 고목 둥치에서 뛰어내린다

엄마 같이 가

하냥 가자니께

충청북도 옥천군 이원면

둥구나무 딱따구리가 뚫어놓은 원앙이네 둥지

*이소 : 알에서 부화한 새끼 새들이 둥지를 떠나는 것.

*비얌 : 뱀의 방언.

*쫑마리 : 막내아우의 방언.

—송진권, 「이소」 전문

(『새 그리는 방법』, 문학동네, 2014)

기존 동시단에서 보여주지 못한 언어의 질감과 유쾌한 상상력으로 이미 주목을 받고 있는 이정록의 이 작품은 좀더 넓고 깊은 세계로의 진입을 시도하는 시적 주체가 돋보인다. 분명 지금까지 우리 동시가 보여주지 못했던 세계다. 이오덕이 말한 '우주 감각'이 구현된 듯한 이 작품에 해설을 갖다 붙이면 그 시적 울림이 억압될 것 같은 느낌마저 든다. "하느님이 깔고 앉은 놈들!"과 "하느님이 깔고 앉아서/납작해진 아줌마들"과 "하느님을 업어 주는" 어머님들 사이, 현학적이고 현란한 수사를 빌려 거창하게 떠들면서 알맹이가 비어 있는 말들이 무슨 소용이 있겠는가. 우리가 흔히 말하는 사랑이란 게 혹은 구원이란 게 그렇게 그럴

듯한 게 아닐지 모른다. 「이소」란 작품을 통해 보여주는 송진권의 세계도 비록 시적 발화 지점과 방식이 다를 뿐 구체적인 서사를 통해 펼쳐진 그림 속의 울림이 깊다. "비얍이랑 쪽제비가 일어나기 전에/어여 물로 가야 하는디/당최 쫑마리가 저런다니께/엄마두 인제 몰러/오든지 말든지 맘대루 햐". 그렇다. 우리가 동시란 장르를 통해 아이들에게 실체를 보여줄 수 있는 사랑과 구원이란 이런 방식이어야 한다. 점잖을 떨면서 자기 속내를 밝히려 들지 않는 속물들의 수사에 물들어가고 있는 세태와 현대 시인들의 왜소화된 자의식에 대한 통찰을 동시라는 장르를 통해 이만큼 선명한 그림으로 담아낼 수 있는 시인들이 지금 우리 동시단에서 얼마나 될까.

3
침묵과 울음 그리고 독경

개와 고양이가
다른 우리에 갇혀
서로 바라본다

—유강희, 「삼례 장날」 전문
(『손바닥 동시』)

할머니 어디 가요?

— 예배당 간다

근데 왜 울면서 가요?

— 울려고 간다

왜 예배당 가서 울어요?

— 울 데가 없다

—김환영, 「울 곳」 전문

(『글과그림』 2013년 7월호)

유강희와 김환영의 작품은 이미 이안 시인이 「존재의 형식을 탐구하다」(『동시마중』 2013년 9·10월호)라는 제목으로 "코스모스를 상실한 이들"(「삼례 장날」)과 "이 시대 수많은 사람들이 처한 존재의 형식에 대한 폭넓은 공감을 호출한다"(「울 곳」)고 그 누구보다 적확하게 짚어낸 적이 있다. 따라서 더이상 어떤 해설도 군더더기에 불과할 뿐이다. 다만 여기서 잠깐 덧붙이고 싶은 것은 우리가 비극적이라고 말할 때의 언어의 질감, 이를테면 육체성을 획득한 침묵이 발화되는 양상이다. 어디서 읽었는지는 기억나지 않지만 어떤 종류의 이야기는 그저 저 홀로 발화하기 위해서 존재한다고 한다. 따라서 우리는 그 이야기를 건네받는 것이 아니라, 일시적으로 이야기가 통과해가는 통로처럼 간신히 몸을 내어줄 수 있을 따름이라는 것이다. 그런 까닭이다. 지극히 사소한 풍경 속의 비극을 짧지만 강렬하게 그려내는 유강희가 '울 곳'이 없다는 김환영과 삼투될 수 있는 것은 행간의 여백에 숨겨진 침묵의 깊이 때문이다. 시끌벅적한 장날, 다른 우리에 갇혀 서로 바라보는 개와 고양이는 이미 삶과 죽음의 경계를 초월해 있다. 역설적으로 개는 개의 형식으로, 고양이는 고양이의 형식으로 서로의 비극을 감추기 위해 온몸으로 발악하고 있는 것은 아닌가. 우리의 삶 또한 그저 그렇게 살아가는 듯 보이지만 희망 혹은 불행의 극한에 이르기 위해 악을 쓰고 있는지도 모른다. 그러니까 그 어떤 침묵에도 깊이가 있으며, 그 깊이는 비극을 감추기 위한 독경으로 목소리를 얻거나 울음을 감추기도 한다는 것이다. 유강희와 김환영을 주목하는 이유다.

다시 처음으로 돌아가자. 우리 동시단에서 아직도 새로움에 대한 탐색은 강박일까. 시가 직관의 예술이라고 하는 이유는 감성, 영감, 예지, 이성 등이 통합되어 하나의 세계를 드러내는 방식이자 세계를 이해하고 판단하는 준거가 되어왔기 때문이다. 철학자들이나 미학자들이 시에 주목하고 그 가치와 의미를 높이 평가해온 이유도 같은 맥락이다. 그러나 컴퓨터와 게임기 등 테크놀로지가 시보다 더한 마술을 부리는 시대, 아직도 이오덕이 유효하다면 창작자들은 더욱더 고집해야 하지 않을까. 이미 일어난 과거를 바꿀 수는 없지만 새로운 시적 미학이 고전적인 가치마저 재생산할 수 있다고 말이다. 어른이자 창작자인 우리는 그 무엇보다도 세계를 넓혀야 한다. 이때 세계는 우리가 바라보는 세계이기도 하지만 스스로 품고 있는 세계이기도 하다. 이오덕이 말장난이나 심리의 장난, 골동품의 장난 등의 예를 들면서 손장난을 그만두라고 질타한 이유도 이 때문이다. 보다 넓고 깊은 시의 세계로 나와야 한다. 시의 세계에서만 창작자로서의 우리는 독자들의 감동을 꿈꿀 수 있다. 이른바 동심을 핑계로 관념이나 지적 허영에 기대고 있을 때 시는 물론 창작자로서의 정신마저 유폐된다는 이오덕의 일침을 새겨야 한다. 그리하여 오늘은 미래를 꿈꾸는 순간 미래가 되고, 세상의 모든 질문은 답이 없는 동안 시가 된다.

발가락

—유강희, 『무지개 파라솔』(문학동네, 2021)

나는 나에게, 너는 너에게

돌아가지 못하고 있다

유강희 시인께.

잘 지내시는지요? 펜을 들고 보니 얼굴을 못 본 지 꽤 되었네요. 언제나 그랬듯이 수줍은 듯, 그러나 손바닥 위에 올려놓고 싶다는 듯 그렇게 세상을 가지고 놀고 있으리라 믿습니다. 나는 이 글의 관문 격으로 올려놓은 문장처럼 그냥 우두커니 당신의 『무지개 파라솔』 밑에 앉아서 꼼지락거리는 내 발가락이나 주워볼까, 하고 생각중입니다.

그러니까 "내 이마를/처음 토독,/두드린 빗방울//그 빗방울이 처음/내게 속삭인 말"은 무슨 말이었을까요? "내가 그 빗방울에게/처음 하고 싶었던 말"은 무슨 말이었을까요? 그러고 보니 우리가 알고 지낸 지가 벌써 10년하고도 몇 년을 더 훌쩍 넘겼지만 이런 이야기는 처음인 것 같습니다. 그동안 당신은 손바닥 위에 집을 지었고, 올해는 『무지개 파라솔』까지 들고 나타났습니다. 참 부럽습니다. 이번 시집 맨 처음에 놓은 「위대한 똥」처럼, 그리고 독자들에게 낸 「위대한 숙제」처럼. 암튼 당신은 지붕이 있는 손바닥을 가진 셈이고, 그 손바닥 안에 무지개까지 색연필처럼 놓여 있으니까요. 나는 지금 '세상의 모든 시기와 질투심'에 불타오르는 마음을 겨우 눌러앉힌 다음 당신의 손바닥 위에 내가 앉을 '종이의자'를 올려놓는 중입니다.

오늘 아침

수천
수만
수억 개의
빗방울 중,

내 이마를
처음 토독,
두드린 빗방울

그 빗방울이 처음
내게 속삭인 말을

내가 그 빗방울에게
처음 하고 싶었던 말을

난 지금
찾고 있는 중이야

—「위대한 숙제」 전문

위대하다,는 형용사가 '똥'과 '숙제'와 이렇게 잘 어울릴 줄이야…… 정말 몰랐습니다. 작품을 읽기 전 당신이 「시인의 말」을 통해 귀띔해준 "진실하고 아름다운 통로" 속에서 나도 소꿉장난하는 아이처럼 앉아 당신의 '시'와 당신이 부리는 '마술'에 대해 잠시 생각했습니다. 끝없이 불확실한 현재에 발이 묶인 조건들로 둘러싸인 우리에게 무지개는 무엇일까요. 어쩌면 우리는 어른 작가 이전의 아이들로 돌아가서 기다려야 하는지도 모르겠습니다. 파라솔이 되기 전의 무지개 속에 자연이, 신(神)이 우리를 위해 남겨둔 증언들이 있고 텍스트가 있다고 생각하기 때문입니다. 정말 그런 것 같아요. '나는 나에게, 너는 너에게 돌아가지 못하고 있'지만 우리는 당신의 만들어준 『무지개 파라솔』 밑에서 '미지의 별' 같은 꿈을 기다리는 법을 배우는 것만으로도 감사한 일이니까요. 그래서 이렇게 씁니다.

주는 게 아니다. 그런 말이 있다. 그러니까
받는 것도 아닌 말, 그런 말이 있다.

문득,이란 부사가 위대하다,는 형용사가 오늘은 참 이상해서
돌돌 말아 벗어던진 양말 속에서 꺼낸 발가락 같아서

그러니까 다시

'풍신(風神)'과 '풍신(楓宸)'은 같은 말.
그 사이에 '풍신(風信)'이 있다.

당신이 나를 비롯한 독자들에게 내준 「위대한 숙제」 앞에서 그리고 맨 첫 페이지에서 보여준 「위대한 똥」 앞에서 생각했습니다. 책상 위에 올려놓은 의자가 보여주는 네 개의 발과 창 너머 발가락을 숨기고 날아가는 돌멩이 사이엔 인간의 언어로는 설명이 불가능한 뭔가, 뭔가, 뭔가가 있다고 말입니다. 그것은 시도 소설도 그래서 사랑도 될 수 없는 텍스트. 그 어떤 유전자 코드에도 기록될 수 없는 그 무엇인가의, 그 무엇인가를 위한 '경야(經夜)'쯤 될까. 잠든 사람이 꾸는 꿈 너머 자신의 발가락이 잠의 수면 위를 걷는 이야기. 하얗고 긴 손가락들이 하는 '말없음'과는 차원이 다른 침묵 혹은 세상에, 있지만 없는 어떤 그것의 운명이라고 말해도 될까요.

이렇게 낮게 내려온 무지개는
처음 본다네
아름다운 파라솔 무지개

할매는 이 기특한
무지개가 도망가지 못하게
비닐 한 장 더 얹어 꽁꽁 싸맸네

—「무지개 파라솔」 부분

여기까지가 당신의 『무지개 파라솔』 밑에서 아홉 살쯤 되는 소년이 된 어느 사내의 말. 오래된 습관처럼 양말을 빨아 널어놓고 침대에 눕는 순간 시작되는 이야기. 나는 문득 내가 어색해진다고 씁니다. 어떤 꿈은 그렇게 옵니다. "아침에 일어나면 제일 먼저/화장실로 달려간 다음" 들여다본 변기 안의 "오늘 첫 번째 상품"(「위대한 똥」)처럼. 그리고 잠시 세상이 어두워지고, 사내는 누워 있는 게 아니라 우두커니 서 있다는 생각을 하게 되고, 그때 뚜벅뚜벅 자신을 향해 구부정하게 걸어온 사탕단풍나무가 반듯이 누워서 올려다볼 때의 표정을 상상하게 되고, 이윽고 그 표정을 그려보게 되고.

사내를 올려다보는 나무가 되어 가만히 누워 있던 사내는, 무릎을 감싸며 몸을 동그랗게 맙니다. 그리고 몸의 가장 깊은 곳을 휘돌아 나오는 발가락의 목소리를 엿듣게 됩니다. '말해지기 전의 무언가로 돌아가야 한다.' 사내의 입에서 흘러나오는 발가락. 그것은 말이 되지 못한 '어떤 목소리가 부리는 또 하나의 군대'["여자들은 또 하나의 군대다"라는 문장을 변용(존 버거, 『우리가 아는 모든 언어』, 김현우 옮김, 열화당, 2017)]라고, 들리지 않는 사내의 목소리는 사내의 발가락에 닿아 있고, 사내가 숨쉴 수 있는 여분의 구멍을 만들어 숨겨놓고 있고.

그렇습니다. 내 마음은 왜 자꾸 나도 모르는 곳에 가 있는 걸까요? 시보다 더 간절하게 더 따뜻하게 편지 한 통 쓸 수 있는 그런 마음을 나는, 지금 나를 어색한 미소를 지으며 쳐다보는 잠 속으로 초대할 수 있을지는 아직 모릅니다. 나는 지금 당신의 『무지개 파라솔』 밑에서 나를 압축할 수도 풀어서 설명할 수도 없는 잠 속에 잠겨 있습니다. 나는 당신 덕분에 한 번도 꾸지 못한 꿈을 다시 시작하기로 합니다.

때마침 비가 내리기 시작합니다. "내 이마를/처음 토독,/두드린 빗방울"을 하늘의 '발가락'이라고 씁니다. 문득 당신의 '손바닥 동시' 한 편이 떠내려와 머릿속을 가득 채웁니다.

닳고 구멍 난
두 척의 배, 여기도
복 주세요 하느님!

—「어머니 신발」 전문

(『손바닥 동시』)

그렇습니다. 요즘 제 어머니는 바람이 불어오는 방향(風信)으로 누워 있습니다. 요양병원 침상 밑의 신발은 바깥으로 나가기 위해 필요한 사물이 아니라 스스로의 삶으로 들어가는 입구입니다. 죄송합니다. 서둘러 펜을 놓고 어머니에게 가야겠습니다. "나뭇잎 뒤에서/얼굴을 빼꼼"(「이런 말을 들었다」) 내미는 당신의 애벌레처럼, 무슨 말이라도 가만히 들어야겠습니다.

혼자 맞는 비 같습니다, 시는. 나는 그런 시(동시)를 읽고 쓰고 싶지만…… 그건 그냥 내가 나를 견디는 방식, 사랑이 혼자 잘사는 방법을 알게 하는 형식이듯 어쩌면 나는 양이 지켜주는 양치기 소년처럼 거짓을 꿈꾸는 사람. 『시는 내가 홀로 있는 방식』(페르난두 페소아, 김한민 옮김, 민음사, 2018)이라고 페소아가 그랬듯이 나도 중얼거려봅니다. 그래요. 요양병원 어머니께 지금 나는 전혀 다른 사람이라고 말할 수 있을 것 같기도 합니다.

당신의 『무지개 파라솔』 밑에서 몸을 일으킵니다. 시는 이런 것이 아닐까, 하고 생각하다 이런 것이라고, 나는 양말을 신는 게 아니라 양말 속에 남아 있는 발가락을 꺼냅니다. 오늘은 그리하여 나의 모든 것이 당신 덕분입니다. 누군가에게 보내드릴 나의 무엇인가를 찾는 중입니다. 어쩌면 이 무엇인가는 내게 오기 전에 당신에게 있었던 것인지도 모르겠습니다. 마지막에 누군가와 함께하고 싶어하는 것, 그것은 서로의 발가락을 잘라주는 일이라고 사내는 생각하는 중입니다.

당신의 멋진 『무지개 파라솔』 밑에서 「위대한 똥」처럼 「위대한 숙제」처럼

당신의 「몽골 설화」처럼
끝난 이야기를 다시
문득,

참 많이 보고 싶네요. 제가 보러 갈 때까지 『무지개 파라솔』 밑에서
꼼짝도 하지 마시길……

2부

아름답고 또 아름답고
자꾸 아름답지만
아직 그 까닭을 잘 몰라서

동시는 '아직 말해지지 않은' 아이들의 몸이다. 동시를 쓰는 어른 작가들은 이 아이들의 몸을 빌려 '정신'을 꺼내야 한다. 문학에서 말하는 '동심'이란 작가의 정신에 의해 새롭게 경험되고 재구성되는 것이다. 아이들의 몸을 빌린 시의 언어는 그 어느 순간에도 자기 연민을 옹호하지 않는다.

고독
―거울도 모르는 몸의 시간, 꿈의 시간

나는 지금 내 눈과 코와 입이 어디에 있는지 알 수 없다. 행여 당신이 고독하다라는 '형용사'를 말하려면 당신의 식탁 위에 이 문장을 '숟가락'보다 먼저 놓아야 한다.

1
몰랐던 이야기

걷다 보니

모르는 데다

몰랐던 이야기가 걸어 나온다

―송선미, 「골목」 전문

(『옷장 위 배낭을 꺼낼 만큼 키가 크면』, 문학동네, 2016)

정말 그렇다. 살아갈수록 모르겠다는 생각이 든다. 어른 작가로서 아이들을 "몰랐던 이야기"라고 쓴다. 그냥 그대로 하나의 우주에 담긴 이야기라고 읽는다. 이 세계에서 끝까지 존중해야 할 것이 있다면 그것은 내가 "몰랐던 이야기" 즉 아이들의 마음이다. '최초의 밤'을 열어보듯 아이들의 마음을 가만히 열어본다. 어른 작가로서 끝까지 아이들에게 지켜줘야 할 그 무엇이 있다면 그것은 '고독'과 '유머'다.

송선미 시인의 「골목」을 걷는다. "걷다 보니/모르는 데다". 그런 까닭일 것이다. 내 그림자 속에 웅크려 녹아내리고 있던 막대사탕 같은 아이가 자꾸 말을 건다. 시를 쓰기 시작한 지 어느덧 20년이 다 되어가는데 이즈음 아이들에 대해 내가 가진 이미지는 낮보다 밤에 가까운 모습이다. 다행스러운 건 아이들의 머리 위에 달이 떠 있다는 것. 어쩌면 그래서 더 고독할 것 같다는 느낌은 왜일까? 송선미의 시를 읽는다는 것은 거울도 모르는 '몸의 시간' 혹은 '꿈의 시간'을 산책하는 일이라고 밑줄을 긋는다.

고독.

아이들과는 가장 어울리지 않는다고 생각할 수 있는 명사 중의 하나. 사전을 찾아보면; 1. 세상에 홀로 떨어져 있는 듯이 매우 외롭고 쓸쓸함. 2. 부모 없는 어린아이와 자식 없는 늙은이. 사전상의 의미를 떠나 어른 작가로서 내가 가진 고독과 아이들의 고독은 다를까? 다르다면, 왜? 무엇이? 어떻게? 곰곰 생각해보면 '몸의 시간'과 '꿈의 시간'으로 경계를 지을 수 있을 것 같기도 하지만, 이건 너무 추상적이질 않은가. 해서, 다시 쓴다. 동시를 쓰는 어른 작가 입장이 아닌, 그냥 그렇게 이 세계를 비좁고 낯선 골목처럼 걷는 인간으로서 결론부터 끄적거려본다. 세상에는 아이들만이 유일하다. 중요한 것은 그것이다.

한 아이가 걸어왔다.
나에게 노래를 부르며 걸어왔다.

처음 듣는 그 노래를
아이는 먼 데서부터 부르며 온 것도 같고
나는 먼 데서부터 들었던 것도 같은데
이상하게 자꾸 눈물이 났다.

노래를 마치고 아이는
내 품에 안겼다.
안겨서 나를 꼭 안아 주었다.

꿈이었다.

몸을 웅크리고 조금 더 울었다.
아이보다 작아져서 조금 더 울었다.

—송선미, 「한 아이」 전문

(『옷장 위 배낭을 꺼낼 만큼 키가 크면』)

인간에게 '고독'이라는 단어는 어떤 의미일까? 먼저 인간임을 한없이 불편하게 만드는 단어. 이 단어 앞에서 우리는 '읽다'라는 타동사로 묶이는 사랑과 독서의 공통점을 찾을 수도 있다. 이와 관련된 파스칼 키냐르의 일화는 재미있다. 그는 독서를 할 때 입술 위에 '읽다'라는 단어를 먼저 갖다 놓는다고 한다. '읽다'는 '혼자 있다'와는 상반되는 의미를 가지는데 읽기 위해서는 또 혼자 있어야 한다고 말한다. 독서는 우리라는 무리 속에서 실행될 수는 있지만 그렇다고 함께는 아니란 얘기다. 제주에 사는 변종태 시인은 제주 지역신문에 박이정의 시인의 「나비」란 시를 소개하면서 독자들에게 안부를 이렇게 물었다. 그는 먼저 굳이 장자몽(莊子夢)을 말하지 않아도, 내가 내가 맞나? 하는 생각이 들 때가 있다며 자신의 삶을 돌아본다. 그리고 내 안의 또다른 나에게 끝없이 말을 건네면서 견디며 살아온 세월을 문득 돌아보니, 내 안의 내가 나에게 말을 건 날들이 많았던 듯하다고 고백한다. "잘 살고 계시나요?"(제주일보, 2018년 6월 22일 자) 가끔씩 어떤 안부는 사람을 가라앉게 한다. "나는 먼 데서부터 들었던 것도 같은데". 나는 송선미의 「한 아이」처럼 "몸을 웅크리고 조금 더 울었다./아이보다 작아져서 조금 더 울었다". 그리고 나는 내게 다시 물었다. "잘 살고 계시나요?"

프란츠 카프카는 일기를 통해 자신의 글쓰기가 '꿈과 같은 내면의 삶'을 묘사하는 일이라고 했다. 송선미 시인의 「한 아이」는 카프카의 이 말을 입술 위에 갖다 놓고 얻은 아이. 카프카는 글을 쓰기 위해서 절대로 포기할 수 없는 무조건의 전제가 있다고 말했다. 그것은 '홀로됨' 즉 '고독'이다. 그는 대개 깊은 밤에 자신의 방에 틀어박힌 채, 혹은 심지어 오직 그 목적을 위해 임대한 집에 책상을 가져다 놓고 글을 썼다. 그것은 단순히 어떤 창작의 분위기를 조성하려는 것이 아니라, 자신을 특정한 정신 상태로 몰아가려는 구체적인 시도였다. 꿈꾸는 자의 상태와 부합하는 정신 상태로의 진입을 원했던 것. 카프카는 스스로 존재의 밑바닥까지 최대한 이완하고, 자신이 원하는 것은 무엇이든지 자신의 내부에서 꺼내 위로 들어올릴 수 있다고 고독에 대한 의지를 보인다. 송선미 시인이 송선미라는 어른 안에서 '한 아이'를 꺼내 들어올릴 수 있었던 것도 이런 까닭이라면 꿈이든 현실이든 무슨 상관인가. 우리는 지금 제각기 입술 위에 '읽다'라는 타동사를 올려놓고 있다.

2

벌과 미음(ㅁ) 그리고 집

"한 아이가 걸어왔다." "노래를 부르며 걸어"와서는 인사를 한다. '안녕하세요.' 고독은 내가 나에게 이렇게 묻는 것인지 모른다. 아름답지 않은가. 송선미의 「한 아이」처럼 내가 나를 스스로 인식하기 전에 축복하는 일. 그것은 내가 나를 인식하기 이전의 곡진한 이야기 속으로 들어서는 일이기도 하다. 비로소 나는 내 인생 안으로 들어온 것이다.

혹자는 뜬금없다는 생각을 할지도 모르겠다. 고독은 '육각형'이라고 쓴다. 예컨대 아무에게도 영혼을 간섭받지 않으려는 안간힘이 만들어낸 장소를 고독으로 본다면? 이런 질문과 함께 보다 시적으로, 우리가 쓰는 하나의 문장이 누군가에게 말을 걸고, 교환되고, 지시되면서 의미가 생긴다는 사실을 가정한다면, 고독은 벌이 찾아 들어가는 벌집 같은 것일 수 있다. 고백건대 고독은 아직 알려지지 않은 나의 상태를 재생하고 싶은 욕망으로 추인할 수도 있다. 지극히 개인적인 생각이지만 벌을 보면 새나 나비처럼 '난다'라는 말보다 (춤을) '춘다'라는 표현이 더 적확하다는 느낌이다. 책 읽는 일보다 더 중요한 일은 없다며 입술 위에 그 어떤 다른 단어보다 '읽다'라는 단어를 갖다 놓는다는 파스칼 키냐르의 말 때문일까. 그는 어떤 순간에는 모든 과거가 확고함이나 단단함 따위가 없는 구름처럼 보인다고 말한다. 나는 생각한다. 그의 눈에 보이는 구름은 빛을 싫어할까, 좋아할까. 둘 중 어느 쪽이든 마찬가지일 것이다. 마치 신비스럽고 놀라운 꿈처럼 혹은 꾸어서는 안 되는 꿈처럼 말이다. 그래서 이렇게 썼을 것이다. "사랑은 읽기입니다."(파스칼 키냐르, 「읽기」, 『파스칼 키냐르의 말』, 류재화 옮김, 마음산책, 2018) 이쯤에서 송선미 시인이 얻은 「한 아이」가 가진 고독으로 들어가보면 어떨까. 아이들에게 고독은 어디에나 있지만 어디에나 없는 방 또는 집, 그리하여 언제 어디서나 말할 수 있지만 언제 어디서나 말할 수 없는 세계라고 읽는다.

벌이 수학 책 위에 앉았다
수학 책 속에 그려진
육각형을 보자 책 속에 쇽 들어갔다

자기 집인 줄 알고 비킬 생각을 안 한다

교실에 벌꿀 냄새가 난다
향기로운 벌꿀 냄새가 육각형에서
난다

—지찬영(양산 백동초 4-5), 「육각형」 전문

미음은 선이 하나 모자라서
마음이 되지 못하고
작고 네모난 방이 되었다 문도 없는 방이 되었다

마음이 되지 못한 미음은
좁아터져서
엄마가 성적 때문에 폰을 못 쓰게 할 때
친구가 요즘 들어 나하고 놀아 주지 않을 때
나 혼자 틀어박혀 있는 방이 되었다
미음은 가끔 미움이 되었다

미음이 팔 하나를 쭉 뻗어서
마음이 되었으면
네모난 도화지처럼
네모난 편지지처럼
ㅁ 옆에 문고리 같은 ㅏ가 있어서
언제든 나갈 수 있으면
얼마나 좋겠어?

—김준현, 「한글 공부—미음(ㅁ)」 전문

(『나는 법』, 문학동네, 2017)

어른 작가가 쓴 동시와 어린이가 쓴 시를 함께 읽는다는 사실만으로도 재미있다. 「육각형」은 경남에 있는 일간지인 경남신문이 주최하고 경남교육청이 후원하는 〈제37회 5월 어린이문예상〉 고학년 운문부 최우

수상을 받은 작품이다. 재미있다는 표현이 달콤하다는 표현으로 바뀔 수 있는 것은 시의 힘이다. "미음은 가끔 미움이" 된다는 김준현 시인에게 한글 공부를 한 아이가 좀더 크면, 미음(ㅁ)을 육각형으로 만들지 않을까? 초등학교 4학년이 쓴 「육각형」의 '달콤한 고독'과 한글 공부에 쫓기는 아이들의 마음을 위해 김준현 시인이 만들어준 "작고 네모난 방" 앞에서 한참을 혼자 웃었다. "ㅁ 옆에 문고리 같은 ㅏ가 있어서/언제든 나갈 수 있으면/얼마나 좋겠어?" 말로 표현할 수 없는 아이들의 마음을 풀어쓴 느린 구도의 움직임이 우리 모두에게 와닿을 때 우리는 제각기 자기 안의 텅 빈 곳과 대면을 한다. 그때 초등학교 4학년 지찬영은 벌을 본다. 그리고 "슉" 들어갔다고 말한다. "수학 책 위에 앉았"던 "벌이" "수학 책 속에 그려진/육각형을 보자 책 속에 슉 들어갔다". 보통의 아이라면 어땠을까. 벌이 수학 책 위에 앉으면 교실 안 모든 친구들을 부르며 우당탕탕 난리가 났을 것이다. 그러나 지찬영은 가만히 보고 있다. 교실에서 반 아이들과 다 함께 있어도 김준현 시인의 미음(ㅁ)처럼 혼자 있는 아이의 공간이다. "수학 책 속에 그려진/육각형을 보자 책 속에 슉 들어"가는 벌을 볼 수 있는 것은 눈의 힘이 아니라 마음의 힘이다. 초등학교 4학년밖에 되지 않지만 한 인간으로서 이미 내재된 '고독의 힘'이라고 입술 위에 갖다 놓은 '읽다'라는 단어로 추인할 수도 있다.

앞에서 언급한 프란츠 카프카가 그렇듯이 모리스 블랑쇼 또한 마찬가지다. 문학의 존재 이유를 언어와 글쓰기 바깥에서 찾지 않는 블랑쇼에게 불통의 관념 공간은 가장 생생한 소통의 현실 공간이다. 그에게 글을 쓴다는 것은 '자신을 위한, 세계를 위한 자유를 획득'하는 것이며 동시에 '주어진 상태의 언어를 파괴해 그것을 다른 형태를 통해 실현'하는 것이다. 글을 통해 세계 전체는 '새로운 현실'이 되고 존재는 '과거와는 다른 실존'

이 된다. 이럴 때 글쓰기는 혁명적 행동이 된다는 것이다. 혁명의 순간은 끊임없이 시도하던 소통조차 불통임을 확인할 때 발생되는 파국이며 동시에 '창조의 사태'다. 시를 쓰는 일이 바로 그렇다. "수학 책 속에 그려진/ 육각형"이 "자기 집인 줄 알고 비킬 생각을 안 한다"는 초등학교 4학년의 말에 밑줄을 긋고, 「한 아이」를 읽게 해준 송선미를 다시 호명하고, 임수현 시인을 초대하는 것은 이런 까닭이다. 한글 공부와 마음공부를 동시에 하는 김준현의 아이들과 별과 함께 혼자 노는 지찬영을 위해 송선미는 집을 그리는 방법을 소곤소곤 알려주고, 임수현 시인은 "흰 눈 소복 쌓인 집"을 비밀스럽게 귀띔해준다.

지금 내가 만약에 집을 그린다면
그리는 만큼 소곤대는 집일 거야
지우개는 필요 없어
아주 조그맣게 소곤대는 집이니까

새를 그리면 하늘이 생기는 집
나무를 그리면 언덕이 생기는 집
담을 그리면 마당이 생기는 집
벽을 그리면 방이 생기는 집

손잡이를 맘대로 달 수 있는 집
방문을 조금만 열어 볼게
난 지금 네가 궁금한 연필이니까
네 방문이 잠겨 있다면

그 방 옆에 내 방을 그려 둘게

지금 네가 만약에 집을 그린다면
그리는 만큼 소곤대는 집일 거야
지우개는 필요 없어
아주 조그맣게 속삭이는 집이니까

—송선미, 「소곤소곤 집 그리기」 전문

(『미지의 아이』, 문학동네, 2021)

거긴 아무도 없고
누구도 안 오는 곳이야
혼자 놀기 좋은 곳이야

친구와 다투고 집으로 돌아올 때
엄마가 참여수업에 못 온 날
난 가끔 거기서 놀아

성냥팔이 소녀의
성냥처럼 환해지는 곳이야

눈 감고 있으면
문이 열리고
숲을 지나 조붓한 길을 따라가면

흰 눈 소복 쌓인
노란 대문이 있을 거야

똑똑
문 두드려 봐

긴 머리 꼬불꼬불 마녀가
따뜻한 코코아를 타 놓고
어서 오렴

두 손 벌려
반겨 주는 곳이야

—임수현, 「노란 대문」 전문
(『외톨이 왕』, 문학동네, 2019)

3
문제 7번

"어서 오렴". 어쩌면 아이들에게 '고독'은 '자연'이다. 가령 "눈 감고 있으면/문이 열리고/숲을 지나 조붓한 길을 따라가면" 있는 "긴 머리 꼬불꼬불 마녀가" 사는 집은 숨쉬는 자연에서 빌려온 것이다. 아이든 어른이든 고독할 때의 얼굴은 거울 속에서 보이지 않기 때문이다. 자기 모습을 볼 수 없지만 대신 책장 혹은 어떤 사물들의 조용한 도란거림으로부터 자신의 목소리를 듣는다. 노자(老子) 말대로, 자연은 아무것도 하지 않음으로써(無爲) 무언가를 만들어내는 것처럼 고독이 좋은 것은 세계가 나를 위해 없어지기 때문이다. 이처럼 고독은 언제나 '테이크아웃'이 가능한 감정이다. 이를 보다 구체적이고 현실적으로 말하자면 고독은 아이들의 교실에 있는 '생각 의자'거나 강기원 시인의 말처럼 "땅의 꿈처럼/땅의 비밀처럼 피어나는" 「다문꽃」과 같은 것이다.

땅속에서 피는 꽃이 있대

벌, 나비 올 리 없는
바람도 햇빛도 들지 않는
어둠 속 꽃

혼자만 아는 향기
혼자만 아는 빛깔

학교에서도 집에서도
관심 밖의 내가
눈에 띄지 않는
투명인간 같은 내가

남모르게 꾸는
시인의 꿈처럼

그런 꽃이 세상에는 있대

땅의 꿈처럼

땅의 비밀처럼 피어나는

고마리 다문꽃*

*고마리는 한해살이풀로 땅속에서도 꽃이 핀다. 땅속에서 피는 꽃을 총칭하여 다문꽃이라고 한다.

—강기원, 「다문꽃」 전문

(『지느러미 달린 책』, 문학동네, 2018)

다시 "한 아이가 걸어왔다"(송선미, 「한 아이」). 이상하고 반짝이는 슬픔의 세계로…… 임수현의 「노란 대문」처럼 강기원 시인의 「다문꽃」 또한 묘하게 반짝이는 슬픔이 지배하고 있는 시편이다. 아마도 "엄마가 참여 수업에 못" 오는 아이(「노란 대문」)와 "학교에서도 집에서도/관심 밖의 내가/눈에 띄지 않는/투명인간 같은" 아이의 정서를 그 누구보다 따뜻하게 이해하기 때문일 것이다. 불쌍하다거나 마냥 슬프기보다는 이상하고 알 수 없는 이야기 속의 존재에 투영된 고독을 뛰어난 촉수를 가진 시인들이 모를 리 없다. 이쯤에서 우리는 진심을 물어야 한다. 지금 우리에게 아이는 어떤 의미일까? 아이들에게도 고독이 필요할까? 대부분의 어른들은 착각을 한다. 잘 안다고, 아이를 거쳐왔으므로. 그리고 단칼에 잘라 말한다. 건강하게 공부나 열심히 하면 되지, 무슨 고독 타령이냐고. 그러나 우리는 알아야 한다. 아이들의 슬픔이나 고독을 말하기 전에 아이들은 (우리가) 잘 모르는 존재다. 지찬영의 「육각형」을 통해 확인했듯 아이들은 어른들인 우리가 사용하는 언어 체계 속에 있지 않은, 거기로 들어오려는 이들이다. 그러니까 언어를 아직 자기 몸에 완전하게 습득하지 못한 존재들이다. 말 이외의 것이 더 잘 통할 때가 있는 것도 이런 까닭이다. 울음이 그렇다. 아이들이 가진 언어로 부릴 수 있는 최대치의 소통 방식이 아닌가. 다양하고 복잡하고 설명하기 어렵고 난처한 것들을 모두 울음이라는 방식으로 이야기하고, 그 표현 앞에서 어른은 난감해진다. 아이는 마주한 대상으로서의 존재이기도 하지만 내 안에 있는 아이, 현재의 나이기도 하고 과거의 기억이며 혹은 우리가 전혀 몰랐던 이야기이기도 하다. 그렇다면 아이들이 가진 고독은? 어쩌면 울음보다 더 소중하고 그만큼 무겁고 무서울 수 있는 고독을 아이들은 어떻게 숨기고 어떻게 견딜까? 아니 그전에 그 고독이 어떻게 존재해왔는가에 대한 고민을 어른으로서 우리는 쉽게 설명할 수 있을까? 개인적인 답을 먼저 말하자면 마땅히 아니다,가 된다. 해서, 김준현, 송선미 시인처럼 이렇게 보다 더 쉬운 방식으로 질문을 던질 수도 있다.

다음과 관계없는 것을 고르시오.

정답이라도
관계없는 하나를 골라내고 나면
외로워졌다

쉬는 시간인데
나 혼자 문제를 푼다

아무하고도

관계가 없는 사람처럼

—김준현, 「문제 7번」 전문

(『나는 법』)

"넌 어째 애가 맨날 그러니?"

하며 엄마는 누굴 보고 있나요

"넌 니 생각만 하냐?"

하며 아빠는 누굴 보고 있나요

나중에 꼭 나 같은 애를 낳아 봐야

엄마 속을 안다지만

난 나 같은 애가 어떤 앤지 모르겠어요

난 어딨죠?

엄마 아빤 누굴 보고 있나요.

—송선미, 「누굴 보고 있나요」 전문

(『동시마중』 2011년 9·10월호)

"난 어딨죠?" 이런 질문처럼 동시를 쓰거나 읽는 일은 그리 만만치 않다. 어른들이 동시를 쓰고 읽는 이유는 그럴듯한 언어로 아이들에게 뭔가를 가르쳐주거나 알려주기 위한 것이 아니다. 우리는 그냥 우리 모두를 위해 쓰고 읽는 것이다. 그것이 동시다. 잃어버린 무엇을 다시 찾기 위해서는 잃어버린 그것이 무엇인지 알아야 한다. 우리가 잃어버린 것은 이미 우리가 태어나기 전에 존재했던 사랑의 모든 시간과 장소들인지 모른다. 그 시간과 장소들은 우리 안의 아이들과 함께 있다. 따라서 동시는 희망과 동시에 절망을, 꿈과 동시에 현실을 말할 수 있어야 한다. 그래야만 문학이 된다.

4
곰과 엄마

어깨에 곰 한 마리가 업혀 있어

뜨거운 이마에선 뿔이 돋으려나 봐
코뿔소가 코 속에 쉭쉭 김을 뿜으니

팔다리 축축 늘어져
엎드리고만 싶으니
나무늘보가 돼 가는 걸까?

어제의 내가 아니야

군침 돌던 짜장떡볶이 냄새도 싫어

내게 무슨 일이 생긴 걸까?

일단 집에 가서 생각해 봐야 하는데

집까지 가는 길이 사막처럼 아득하고 아득해

이 녀석들 다 끌고 갈 일이……

—강기원, 「몸살」 전문

(『지느러미 달린 책』)

어깨에 곰이 아니라 돼지 한 마리가 업혀 있어도 마찬가지일 것이다. 강기원 시인의 「몸살」은 표면적으로 아이의 아프고 무거워진 몸 상태를 그리고 있지만 아이의 내면을 들여다보면 심상찮다. 이처럼 고독은 나도 모르게 몸살보다 더 무겁게 내 안에서 벌어지는 어떤 사태이며 내게만 들리는 흐느낌이다. "내게 무슨 일이 생긴 걸까?"라고 묻는 아이가 "군침 돌던 짜장떡볶이 냄새"마저 싫어지는 것은 당연하다. '말하다'와 '먹다', 이 둘은 벗어나려는 것을 잡으려는 동일한 몸짓이다. 단순히 몸살이 나 집으로 가는 아이의 그림 속에 숨겨진 이야기를 꺼내보면, 어제의 나와 어제의 내가 아닌 오늘 사이에 놓인 알 수 없는 사태로서의 고독과 맥락을 같이한다. "아득하고 아득"하지 않겠는가. "이 녀석들 다 끌고 갈 일이……"

세상에 난 것들은 모두 엄마가 있어

첫 번째 꼬마는 엄마가 있어
엄마가 안 보여도 엄마랑 있지

두 번째 꼬마에겐 엄마가 없어
이젠 볼 수 없는 엄마가 그립곤 하지

세 번째 꼬마에겐 엄마가 없어
엄마가 없어서 엄마가 뭔지 잘 몰라

네 번째 꼬마에겐 엄마가 있어
엄마가 있는데 고아처럼 살아

세상에 난 것들은 모두 엄마가 있어
하지만 모두 엄마가 있는 건 아니야

—송선미, 「엄마 이야기」 전문
(『옷장 위 배낭을 꺼낼 만큼 키가 크면』)

마침내 송선미 시인은 「한 아이」의 「엄마 이야기」까지 데리고 나온다. "세상에 난 것들은 모두 엄마가 있어/하지만 모두 엄마가 있는 건 아니야"라는 이상하게 반짝이는 문장 앞에서 잠시 숨을 멈춘다. 어른 작가이기 전에 「한 아이」의 엄마로서 송선미에게 고독은, 혼자 맞는 비처럼 나 자신을 위한 애도로 게시된다. 우리가 그렇게 목을 매는 모든 사랑이 그렇지 않은가. 정말 혼자가 되려면 충분히 버려져야 한다. 나를 버려야만 사랑에게 갈 수 있다. 참 아플 정도로 애틋한 송선미의 문장을 반복해서 읽는다. "엄마가 안 보여도 엄마랑 있지" "엄마가 없어서 엄마가 뭔지 잘 몰라" "엄마가 있는데 고아처럼 살아". 그런 다음 슬쩍, 엄마에 대신 다른 단어를 집어넣어본다. 당신이라면 엄마 대신 어떤 단어로 바꿔 넣겠는가? 이것은 어른 독자들에게 주는 김준현 시인의 「문제 7번」이다.

아이들은 무지개 같은 존재다. 동시는 무지개 같은 이 아이들이 가진 몸과 마음을 탐색하고 나아가 어떤 존재인지를 증명하는 것이다. 보다 깊은 눈으로 아이들의 고독을 살펴야 할 까닭이다. 아니, 아이들에게도 고독이 필요한 이유라고 먼저 말해야 한다. 이 세계를 나의 세계로 바꾸는 것이 문학이라면 더더욱 이 고독은 중요해진다. 어쩌면 고독은 음악처럼 듣는 것인지도 모른다. 음악은 소리로 만들어져 있다. 그런데 음악적 소리는 그 자체로는 아무런 의미도 갖지 않는다. 소리들은 어떤 것의 표현이 아니다. 소리들 자체가 어떤 것이다. 몸짓으로 하는 아기들의 언어처럼, 그것은 '나에게 내 인생을, 내 사랑을 정직하게 이야기해줄 수 있는 책'인지 모른다.

5
"들리는가 오버"

혼잣말은 혼자 하는 말이기도 하지만 혼자 듣는 말이기도 하다. 혼자 하는 사랑이 외로운 것은 혼자만 들어야 하는 사랑이기 때문이듯이, 혼잣말은 혼자 하는 사랑과 같은 것이다. 하지만 대부분의 우리는 혼잣말을 숨기려 한다. 혹여 사랑은 언제나 깊은 곳에 혼잣말을 남겨두고 있다는 사실을 잊어버린 것은 아닐까. 마치 '침묵의 살점'처럼, 이 세상을 살아가는 방식 중에 혼잣말처럼 아픈 인기척도 드물다. 혼잣말은 세상에 무수히 떠도는 말 속에 혼자가 된 자신의 살을 가만히 섞어보는 일이기도 하다. 혼잣말이므로 우리는 고독해지기도 하지만, 혼잣말이 있어서 견딜 만한 세상이기도 하지 않은가? 김개미 시인은 이런 사실을 전하기 위해 마치 돌멩이를 던져놓듯 말을 툭툭 던진다.

시간 : 8월 17일 10시 13분
준비물 : 큰 돌멩이 1, 작은 돌멩이 1

숲으로 갔다 오버
혼자였다 오버
나뭇가지에 앉아 있었다 오버
뚝 떨어졌다 오버

베개를 업어 재웠다 오버
자장가를 불러 줬다 오버
나도 누군가에게 업혀
자장가를 듣고 싶었다 오버

인형 옷을 만들었다 오버
바늘에 찔렸다 오버
별로 아프지도 않은데
오래 울었다 오버

들리는가 오버
들리면 제발,
우리 할아버지
한 번만 바꿔 줘라 오버

—김개미, 「별에 무전을 친다」 전문
(『커다란 빵 생각』, 문학동네, 2016)

침묵하면서 말한다는 것은 시간이 환원되거나 함의된 고독의 장소를 가리키지만, 그래도 말을 하는 것이다. 시 속의 아이는 혼자 말한다. 어쩌면 혼자가 되기 위해 말하는 것인지 모른다. "들리는가 오버/들리면 제발,/우리 할아버지/한 번만 바꿔 줘라 오버". 애틋한 시적 상황으로 주어진 현실을 참작하면, 이것은 특별한 기분이자 특수하고 특이한 기호다. 스마트폰으로도 할 수 없는, 오로지 "큰 돌멩이 1"과 "작은 돌멩이 1"로만 할 수 있는 교신인데 이는 고독의 힘으로 가능한 신과의 내통으로 치환할 수도 있다. 거울 속에서도 보이지 않는 아이들의 고독이 김개미 시인 특유의 유쾌한 상상력으로 독자인 우리 모두를 사로잡지 않는가. "오래 울었다 오버". 별에게 무전을 치던 김개미의 아이는 고독에 익숙한 아이가 아니라 고독을 제대로 '사용하는' 아이이다. 그래서 별과 무전을 하면서 자신의 슬픔을 견딜 수 있는지 모른다. 그리고 당당하게 말한다. "하지만 난 생각한다./아무도 모르는 내가 하나쯤 있어야 한다고!"(「상상 속의 나」, 『레고 나라의 여왕』, 창비, 2018) 그렇다. 김개미 시인처럼 우리 모두가 아이들에게 상상 속의 나를 만들어줘야 한다. 그래야만 이 세상을 유쾌하게 견딜 수 있다.

응

그래, 가

내가, 지금 이래서, 멀리 못 나가

응

가

잘 가

—김성민, 「안녕, 똥」 전문

(『브이를 찾습니다』, 창비, 2017)

고독은 거울도 모르는 몸의 시간이자 꿈의 시간이다. 아무리 유구하고 드넓은 우주적 연대 속에서도 인간을 비롯한 모든 생명체에게는 홀로 감당해야 할 고독의 몫이 있다. 그렇다. 고독은 언어보다 여백이 더 깊고 아름다운 김성민 시인의 작품 「안녕, 똥」처럼 "응/그래, 가" "잘 가"라고 애틋하게 보내도 다시 찾아오는 똥 같은 것인지도 모른다. 아이들이 숨기고 있는 고독, 아니 모든 인간이 가질 수 있는 존재론적 고독을 유쾌하지만 묵직하게 전하는 시인들을 더욱 많이 만나고 싶다. 보다 깊고 보다 슬프고 이상하게 신비스러운 작품 앞에서 읽다, 라는 타동사를 입술 위에 갖다 놓고 지그시 웃고 싶기 때문이다.

멀리 아주 멀리까지 왔다고 생각했는데 이미 살았던 곳이더군요

—이상교, 『찰방찰방 밤을 건너』(문학동네, 2019)

언제 어디서나 우리는 누군가에게 가닿거나

누군가가 우리에게 와닿는다.

밤에게 이야기하듯,

이상교 선생님께.

선생님, 눈을 떴다가 다시 감습니다. 오랫동안 선생님을 뵙지도 못한 데다 편지는 처음이라 무슨 말부터 꺼내야 할지 난감하기 짝이 없는 제 마음속에 선생님의 목소리가 와닿습니다. 고백건대 이런 날의 제 마음은 얄팍한 종잇장에 가깝습니다. 요즘은 방안에 누워 누군가의 목소리를 비처럼 듣는 일이 많아졌습니다. 손에 책을 들고 있다는 걸 깜빡 잊어버린 채 말입니다. 감았던 눈을 다시 뜹니다. 제 게으름을 설명하기에 더없이 좋은 시간입니다. 문득 선생님의 동시집이 아니었더라면 나는, 내게 주어진 시간을 얼마나 좋아하는지가 아니라 얼마나 좋아하지 않는지를 설득하는 데 쓰고 있을 거란 생각이 드는 한밤중입니다. 선생님, 어떤 목소리가 어둠 속에서 등을 대고 누워 있는 내게 초침처럼 와닿을 때 나는 스스로의 말벗이 되어주거나 또다른 나를 상상해낼 수 있을까요? 선생님과 함께 찰방찰방 밤을 건너가기 위해서는 그래야만 할 것 같은데 아직은 잘 모르겠습니다. 지극히 시적으로, 나는 아직 나에게 도착하지 않았다거나 이미 오래전 죽은 것 같다고 그럴듯하게 둘러댈 수 있다면 작은 위로라도 되겠지만, 전 어둠을 사용하는 방법조차 몰라 부끄럽습니다. 그래서 먼저 "혼자 깨어 있다"는 선생님의 문장 속으로 들어가 누워봅니다. 선생님의 귀한 동시집을 채 펼치기도 전에 찰방찰방, 이란 부사에 발목이 잡힌 까닭인 듯합니다. 혼자, 한밤중 혼자 깨어 있는 현재의 시간은 과거 혹은 미래와 섞여 어둠이 다른 색을 가질 수 있는 공간이기도 해서 그냥 상상하기. 그냥 아프게 울어주기. 결국 혼자 깨어 있다는 말은 내 목소리로 나에게 들려줄 수 없는 말. 눈을 다시 감습니다.

선생님, 기억하실지 모르겠습니다. 언젠가 마산에 오셨을 때 부어라 마셔라 통술집의 소주잔을 타고 건너던 바다 말입니다. 돌이켜보면, 선생님은 그때 이미 찰방찰방, 이란 참 멋진 단어를 데리고 오셨던 것 같습니다. 그래서 씁니다. 선생님, '멀리 아주 멀리까지 왔다고 생각했는데 이미 살았던 곳'이라고 말입니다. "내가 좋은 세상은 볼 만큼 봤으니, 이젠/그녀가 좋은 세상을 볼 겁니다"(「던니스」, 제5회 동주문학상수상시집 『애인에게 줬다가 뺏은 시』, 달을쏘다, 2020) 하고 제가 어른 시에서 쓴 지극히 상투적인 연애류의 문장도 같은 감정의 틈새나 구멍을 찰방거리며 흘러내린 듯합니다. 그런데 선생님, 찰방찰방이란 단어가 가진 색은 무슨 색일까요? 그게 무슨 색이든 제가 상상하는 색과는 다를 거란 생각이 드는 것은 선생님께서 이번 동시집을 통해 보여준 한 번뿐인 인생을 꿰뚫는 통찰과 깊이 때문일 것입니다. 삶에 관하여, 세상에 관하여 진정 궁금했던 것들은 눈이 아니라 귀로 먼저 오는 것인지도 모르겠습니다. 마침내 밤과 가장 가까운 색을 입고 책을 펼칩니다. 아니, 책을 듣습니다. 선생님의 심장 소리가 목소리보다 먼저 들리는, 그렇게 선득한 밤입니다.

한밤중
찰방찰방 초침 소리.

선 채 잠든 벽에 걸린
시계 초침이
혼자 깨어 있다.

복숭아뼈까지 차는
선득 차가운 시냇물을
찰방찰방 건너는 중이다.

—「초침」 전문

"한밤중/찰방찰방 초침 소리"에 얹어놓은 심장을 감히 입에 담을 수 없어서 한참을 우두커니 앉아 있습니다. 내가 나를 어쩔 도리가 없어 찰방찰방, 이란 부사에 다시 귀를 기울입니다. 조금 묵직한 물건이 잇따라 깊은 물에 떨어져 거칠게 부딪칠 때 나는 소리, 라는 사전의 지껄임을 지나 심장이 어둠을 걷는 소리가 아프다못해 선득한 것은 몇 년 새 선생님께서 몹시 아프셨기 때문이겠죠. 그러나 저는 애써 아니라고 우깁니다. 작가가 상상한 다른 세계를 우리가 보고 행복해지기 위해서는 상상력을 가동해야 한다는 문장이 기억나서만은 아닙니다. 찰방찰방, 이라는 부사에 주석을 달아봅니다. 어쩌면 선생님의 언어만이 가질 수 있는 일종의 은밀함이라고, 혼자 깨어 있는 시간에 어둠을 섞어 변주하는 방식이라고 에둘러 밑줄을 긋고 징검돌을 놓습니다. 이때 선생님이 겅중겅중 등장합니다. "륭 선생, 인생은 주석보다 주술이 필요한 것 아냐?" 선생님의 환한 웃음 속을 걸어 나온 목소리를 듣고서야 울지 않고 건너갈 수 있습니다. 선생님의 그림자에 몸을 묶어 찰방찰방, 그러나 몸의 기억과 마음의 기억이 공존하는 상태에서 나온 선생님의 숨소리를 따라갈 수가 없습니다. 그러니까 깊고 넓은 사랑이라는 하나의 사건을 중심으로 재구성된 선생님의 목소리를 저는 흉내조차 낼 수 없다는 반증이겠죠. 이즈음 저는 저에게 깜짝 놀라곤 합니다. 나이를 먹으면 먹을수록(선생님께 죄송한 말이지만) 더욱더 혼자라는 사실을 이제야 겨우 알아챈 거지요. 암튼 선생님께서 찰방찰방 건너는 밤을, 밤의 밑바닥에서 하얗게 빛나는 선생님의 목소리를 저는 종잇장으로 받아씁니다.

지난해, 나는 좀 많이 아팠다. 중환자실에서 팔다리가 묶이고 입에는 인공호흡기가 꽂혀 있었다. 그 무렵, 하늘나라에서는 긴급회의가 열렸다. "철이라곤 들지 않는 키다리 시인이 오면 그 긴 다리로 겅중대며 조용한 하늘나라를 온통 휘젓고 돌아다닐 게 뻔해!" 회의에서 내려진 결론 덕에 나는 하늘나라에 가지 않아도 되었다. 퇴원해 돌아온 나는 침대 벽에 잠자코 기대앉아 하릴없이 생각에나 잠기게 되었다. 그 바람에 가뜩이나 밝은 내 귀는 막내 생쥐가 자면서 내는 이빨 가는 소리까지 알아듣게 되었다. 이번 동시집 시들은 그렇게 써졌다. 고요하다가 아프다가 눈물 나다가 철들다가.

—「시인의 말」에서

"고요하다가 아프다가 눈물 나다가 철들다가"라는 문장만으로도 충분한 것 같습니다. 선생님, 선생님을 따라 찰방찰방 밤을 건너다가 이미 내가 몰랐던 다른 세계를 만났습니다. 엊그젠 술자리에서 나이가 들면 절대적인 그 무엇인가가 필요하다는 친구(우무석 시인은 선생님도 잘 아시죠?)의 말을 듣고 집에 와서는 속이 빈 나뭇등걸 같은 몸은 물론 없는 영혼까지 한참을 뒤적거렸습니다. 그 무엇인가가 뭘까. 빵만큼이나 필요한 슬픔이나 고독 혹은 침묵이나 반성 따위를 말하기엔 너무 늦었겠죠? 차라리 먹을 것이 아무것도 없는 집이든 읽을 것이 아무것도 없는 서재든 불살라버릴 일기 한 줄 없는 술집이든 사랑한 것이 아무것도 없는 사람을 기억해낼 수 있다면 울어볼 수는 있겠다, 싶었습니다. 그리고 가만히 웃으며 선생님의 「강아지 꼬리」를 읽었습니다. "강아지에게/꼬리가 있어 다행이다.//꼬리가 없었더라면/무엇으로/강아지 온몸을 흔들 수/있었으려고." 인간의 얼굴이 아무리 자주 바뀐다고 해도 개가 꼬리를 흔드는 동작의 미세함은 따라갈 수 없다고 하죠. 선생님의 "고요하다가 아프다가 눈물 나다가 철들다가"라는 문장 속에서 요양병원에 누워 있는 어머니가 보이고, 그 곁에 우두커니 서 있는 제가 보이네요. 아무것도 할 게 없어 마냥 쭈뼛쭈뼛, 저는 언제 어디서나 참 못난 아들이었던 것 같습니다. 내일은 15층 아파트를 오르내릴 때도 엘리베이터를 타지 않고 걸어 다녀야겠습니다.

12층에서 문이 열리자
머리가 하얗게 센 할머니가
올라탔다.
난 할머니가 안 계신데
할머니가 생겼다.

8층에서 문이 열리자
한 아주머니가 강아지를 안고
올라탔다.
난 고모도 이모도 없고, 강아지를
키우고 싶었는데
다 생겼다.

—「엘리베이터에서」 부분

선생님 덕분에 눈에 보이지도 만져지지도 않는 것들이 "다 생겼"습니다. 예전엔 가질 수 없었던 이야기 속으로 찰방찰방 감미로운 밤을 건너고 있습니다. "혼자 깨어 있다"는 선생님의 목소리가 선득해 쓰던 시마저 혼자 내버려두기로 합니다. 선생님께서 제게 주신 찰방찰방이라는 부사와 함께 잘 놀겠죠? 하루빨리 선생님의 건강이 완전히 회복되어 몇 년 전 뵈었던 마산의 통술집에서 뵐 수 있으면 좋겠습니다. 소주잔 속에서 찰방찰방 밤과 바다가 섞이는 시간을 바라볼 수 있으면 좋겠습니다. 선생님, 지나간 어떤 시간들이 다시 돌아와 나를 다시 한번 건너가려 하거나 삼키려 한다면 저는 가만히 눈을 감고 선생님을 떠올릴 것입니다. 선생님을 따라 찰방찰방 나를 건너 내가 모르는 또 어딘가에 닿을 수 있으리라 믿습니다. 멀리 아주 멀리까지 왔다고 생각했는데 이미 살았던 곳이니까요. 사랑은 그렇게 심장을 얻고 목소리를 얻는 것이라고 선생님의 동시집을 통해 배웠으니까요.

사랑, 상상, 질문

―'너'와 '나'라는 우주에서 아직 들키지 않은 상자들

가끔씩 그녀는 소녀를 신고 나타난다. 사는 이야기 죽는 이야기 이런 시시한 이야기 말고 오늘은 다른 이야기 좀 하면 안 될까요? 이런 질문 앞에 내가 가질 수 있는 것이 사랑인지 상상인지 모르지만 나는 그녀를 사랑한다. 몸에 마음이 담기는 소리를 들을 수 있기 때문이다.

이 글은, 최근 내가 쓴 문장 위에 의자 하나 갖다 놓는 것으로 시작된다. 우리가 '상상'이라고 말하는 의자. 그러니까 이 우주에서 우리에게 주어진 두 가지 선물에 한 가지를 더 얹어놓고 싶은 지극히 개인적인 욕심이 발현된 셈인데, 그 이유를 구체적으로 설명할 길은 없다―다만 추상적으로는 가능할지 모른다. 가령, '외로움이 만들 수 없는 단 하나는 외로움뿐이다. 그것은 태어나는 그 순간 우리에게 상상이라는 상자 혹은 의자가 주어지기 때문이다'라는 식으로 말이다―. 해서, 이렇게 쓴다. 동시에서 동심은 사랑과 질문, 그리고 아직 이 우주에서 들키지 않은 상상으로 가득한 자전적 의미의 진실이다.

어른 작가들의 동심을 '마음의 어머니' 혹은 '영혼의 집짓기'라고 가정한다면, 여기 세 개의 상자가 있다. '김창완'이라는 상자, '박성우'라는 상자, 그리고 '함민복'이라는 상자다. '사랑_상자' '상상_상자' '질문_상자'쯤으로 놓고 나를 비롯한 모든 독자들은 이 상자 위를 날아오르는 나비! 오늘 하루쯤은 나비가 되어도 괜찮겠다는 생각. 그렇다. 나는 좋은 동시를 만나면 나비가 되었다는 생각이 드는 것이다. 어떤가. 청색 종이처럼 파랗게 반짝이는 날개를 달고 상자를 날아오르는 나비떼. 문득 오늘이 아름답고 또 아름답고 자꾸 아름답지만 아직도 그 까닭을 몰라서……, "'개미'에 관한 긴 글을 썼다/지웠다/제목 '개미'만 남기고"(김창완, 「개미」, 『무지개가 뀐 방이봉방방』, 문학동네, 2019. 이후 김창완의 시 인용은 모두 같은 책).

모아요

—김창완, 「엄마가 숙제하라고 했는데 잠깐만 놀고 하려고
놀이터에 갔다가 미끄럼틀에서 넘어져서 이빨이 부러져 치과에 갔는데
의사 선생님이 어쩌다 이랬냐고 물어서 한 말」 전문

긴 제목에 딱 한마디, "모아요". 그래서 이야기가 생겨난다, 자꾸. 이보다 앞서 언급한 김창완의 작품 「개미」에 빗대어 말하자면 동시에 관한, 동심에 관한 긴 글을 썼다 제목만 남기고 지웠지만, 다정하고 아름다운 이야기가 자꾸 생겨난다. 그런 까닭일 것이다. 나는 믿는다. 동시는 동심을 지시하는 것이 아니라 새롭게 만드는 것인지도 모르기 때문이다. 앞에서 언급한 '사랑_상자' '상상_상자' '질문_상자' 속에 각각 담긴 동시는 어떤 사건이나 시간에 의탁한 것이 아니다. 어른 작가로서 심혈을 기울인 영혼의 탐색과 발견에서 나온 것이다. 이들의 탐색과 발견은 제각기 개별적인 한 인간으로서 몸의 집을 짓고 노래하기보다는 영혼의 집짓기

에 가깝다. 우리가 흔히 말하는 동심은 그렇게 존재하며, 기꺼이 미완성이어서 아름답고 또 아름다운 동시집들을 꺼내놓는다. 우리는 이 동시집들을 언어의 상자 속에서 사랑의 상자 속으로 혹은 사랑의 상자 속에서 언어의 상자 속으로 거처를 옮기는 순간의 기록으로 읽어내고 따라 쓸 수도 있을 것이다. 그것은 인간으로서 우리 모두가 가진 내밀하고도 진정한 모습이다. 이때 동심은 '사랑을 위한 은신처'가 된다. 이들이 보내온 상자 속의 세계가 더없이 신비롭고 아름다운 까닭이다. 메리 올리버의 말처럼 시는 독자들이 단순히 아름다움을 받아들이는 것 이상의 무언가를 하고 싶어하고, 그것이 무엇일지 마음속으로 생각해보도록 유도한다. 자신만의 리듬과 언어의 결, 그리고 깊은 사유와 미학적 관점이 돋보인다는 등의 시적 형상화 단계에서의 주례사나 장식이 무슨 소용일까. 내가 아는 시는, 마음보다 몸을 먼저 써야 하는 장르이다. 굳이 장르적 특성을 내세우지 않더라도 사랑의 아름다움은 영혼의 상태 혹은 정신의 상태로 해명된다. '진짜' 몸을 가진 이들이 보여주는 우리 동시의 무궁한 힘을 믿는다. 그것이 이 글을 읽는 지금으로부터 앞으로 갱신할 미적 감각과 상상력의 방향을 예감하는 데 그 무엇보다 소중한 가치를 품고 있기 때문이다.

1
사랑_상자
『무지개가 뀐 방이봉방방』

무지개가 방귀를 뀌었다고?

사랑이 일어나는 장소이며 어른이 보존해야 하는 삶의 진실이자 무지개로 읽히는 김창완의 '동심'은 이런 질문과 함께 시작된다. "아이들의 웃음소리가 방귀 소리로 둔갑해 들려온다. 방귀처럼 부끄러운 소리가 어디 있을까? 무지개가 방귀를 뀌었으니 얼굴 빨개질 일이다. 동심이 비눗방울처럼 터지는 소리 '방이봉방방'". 시집 띠지에 놓인 김창완의 문장이다. 입안에서 '방이봉방방'이라는 소리가 자꾸만 보이고 만져진다. 40년 전 일찍이 동요 앨범을 발표했던 '산울림' 김창완이 2013년 『동시마중』에 「어떻게 참을까?」 「할아버지 불알」 외 3편을 발표하며 문단의 주목을 받은 지 6년 만이다. 첫 동시집 『무지개가 뀐 방이봉방방』으로 우리 동시단을 흔들어놓은 그는 동심이 어쩌면 진짜 동심이 아니었을지 모른다고 말했다. 동시는 무엇보다 먼저 나에게, 내가 가진 동심에 가닿으려는 절박한 사랑의 몸짓임을 그는 첫 동시집을 통해 증명하고 있다. 달리 그 어떤 방식으로도 전할 수 있을 것 같지 않은 그 절실한 마음을 더할 수 없이 아름답게, 지극하게 전하려는 열망 속에 이른바 문학의 영광이 있질 않겠는가. 그래서 그는 이렇게 말했을 것이다. "이즈음 시대를 생각해 보면 동시는 거짓말 같기도 합니다. 그런데 솔직하지 않은 사람이 쓰면 안 되는 장르인 것 같기도 해요. 시인은 솔직해지려고 노력해야 할까요?"(《채널예스》 2019년 6월호) 가수나 연예인이 아니라 동시 창작자로서의 겸손이다. 그의 동시집 앞에, 활발한 창작활동을 하고 있는 시인들은 한결같이 진심 어린 환호를 보냈다. 10여 년 전부터 쓴 동시 200편 중 51편을 담은 그의 첫 동시집은 "만들려는 게 아니라 우러나오는 빛"(송진권), "독자는 그의 동시 앞에서 속수무책이 되고 만다"(이안) 등등의 극찬을 받았고, 이 같은 극찬 앞에 그는 담담하게 답했다. "내 안의 숨겨진 세계를 다시 만나 봤으면 좋겠습니다." 방이봉방방! 그의 동시집을 읽으면 방귀처럼 재미있고, 아름답고, 사랑스러운 이야기가 생겨난다. 김창완이란 인간의 내면에서 우러나오는 빛의 언어와 동심이 자전거 바퀴처럼 구르거나 서로 부딪치면서 만들어내는 이야기일 것이다. 굳이 비평이나 해설을 초대할 필요조차 없어 보인다. 그것은 그의 동시가 언어의 세계보다 '사랑의 세계'에 속해 있기 때문이다. 동심을 시공간으로 하는 아동문학 텍스트는 질문이나 상상을 축으로 하는 미학적 즐거움의 방법뿐만 아니라, (내 안의 숨겨진 세계를 다시 만나고 싶다는) 그의 말처럼 아름답고 아름답고 또 아름다운 '사랑의 장소'가 되기도 한다는 걸 증명하고 있는 한 편 한 편의 작품들은 2000년대 우리 동시단을 더욱 풍요롭게 하는 하나의 사건이라고 말할 수 있다. 좀더 구체적으로, 김창완이란 텍스트에 (이안 시인의 말처럼) 독자들이 속수무책이 될 수밖에 없는 것은 그의 동시가 언어적 고투의 결정본이 아니라 '사랑의 산물'로 읽히기 때문이다. 이는 스스로 정한 주제들의 함의를 충분히 의식하고 동참하고 재현할 수 있는 그 자신만의 독창적인 언어의 양식을 '발명했음'을 함의하는 것이다. 김창완이란 텍스트가 가진 힘이다. 본질적으로 상존하지 않는 사람의 문제를 사랑의 장소로 환원시킬 수 있는 독보적인 힘이다. 그는 가끔씩 이성이란 이름으로 번질거리기도 하는 위선을 과감히 던져버린다. 그리고 그것은 사랑으로 자신을 바꾸고 사람을 바꾸고 사람이 사는 세상을 바꾸려는 노력으로 이어진다. 그의 작품에서 시라는 장르가 가질 수 있는 모호한 영역이 보이지 않는 것은 이 때문이다. 김창완은 자신의 감각과 사유를 독특한 언술과 결합, '모든 것이 사랑을 말하는 상자'로 만들어 독자들에게 상자를 열어보라고 말한다. 여는 순간, 방이봉방방! 이야기가 또 생겨난다.

오늘도 무지 추운데
오다가 학교 담벼락 밑에서
봄을 만났어요
반가워서 인사를 했더니
"쉿, 아직은 비밀이야." 그랬어요

—「봄」 전문

"쉿, 아직은 비밀이야". 무지 추운 날, 학교 담벼락 밑에서 만난 '봄의 말'을 이런 문장으로 받아쓸 수 있는 것은 이른바 창작자로서의 내공이다. 이런 사실은 작품을 읽기 전 책머리에 놓은 그의 말로도 충분히 증명된다. "나는 말이 느리게 나온다/말하는 속도가 느려서가 아니라/말이 나오는 길이 너무 멀다"라는 문장으로부터 시작되는 그의 고백은 이미 묘한 울림을 가지고 있다. 이 울림으로부터 그의 창작 과정이 그려지고 부드럽지만 단호한 그의 세계관과 정신을 엿볼 수 있다. "어떤 말은 나오다가 길을 잃어버리고/어떤 말은 슬그머니 사라진다/어떤 말은 거의 다 나왔다가 다시 안으로 줄행랑을 친다/어떤 말은 처음에 생겨날 때와 달리 엉뚱한 말로 바뀌기도 한다/작은 채로 태어나 작게 나가는 말도 있고/큰 소리로 태어나 개미 소리로 나오는 말도 있는가 하면/작은 소리로 태어났는데 큰 소리로 나와서 나도 놀랄 때가 있다". 놀랍지 않은가. 그는 '말하기의 입술' 위에 '글쓰기의 몸짓'을 올려놓았다. 그리고 결정적인 한 방! "여기 있는 말들은 거의 다 입 밖으로 나오지 않은 말들이다". 이 문장은 말하기와 글쓰기의 몸짓이 빚어낸 '사랑의 몸짓'이다. 시가 고백의 장르라면, 이 고백은 시인의 사랑으로부터 출발한다. 결국 그가 "우악스럽게 때려잡은 말" 또한 사랑으로 때려잡은 시인의 몸짓임과 동시에 시적 미학이며 형식이다.

시커멓고 좀 무섭긴 하지만
밤이 죽는 것은 아니다.
잠들 때까지만 참으면 괜찮다.
그래도 잠깐 눈이 떠지면 정말 무섭다.
재빨리 눈을 감아야 한다.
근데 눈을 감아도
밤이 귓구멍으로 기어 들어오는 것 같다.
밤이 무섭긴 무섭다.
눈을 더 꼭 감는다.

—「밤」 전문

소를 그리려면
일단
뿔을 그려야 한다.
그리고
귀를 그린 다음에
코뚜레를 그리고
몸통을 그리면
끝
근데 다리를 그리는 게

어렵다.

다 그려 놔도

못 걸어 다닐 것 같다.

—「소 그리기」 전문

『무지개가 뀐 방이봉방방』에는 위에서 인용한 작품 외에도 뛰어난 작품이 많다. 제3회 동시마중 작품상 수상작인 「칸 만들기」를 비롯해서 「호랑이」 「혼내기」 「무궁화꽃이 피었습니다」 「16층에 엘리베이터가 서서 정말 다행이다」 「피아니스트」 등 문학성을 담보할 수 있는 작품이 얼핏 세어봐도 스물대여섯 편을 넘는다는 것이 놀랍지 않은가. "나는 도화지 한 장에 내 인생을 다 그릴 수 있다/엽서 한 장에도 다 그릴 수 있다/손톱만 한 개나리 꽃잎에라도 다 채울 수 있다/빗방울 하나에도 다 담을 수 있다/솔잎을 스치는 가느다란 바람 한 줄기에도 충분하다"(「인생」 전문)고 말하는 김창완은 '착한 어린이'일까? '나쁜 어린이'일까? "나는 욕을 하는 나쁜 어린이가 아닙니다/하지만 제 가슴속에 욕상자가 있기는 해요/싸움쟁이 용호가 날 때리고 가면/복도 끝 양호실로 꺾어지는 창가에 가서/그 상자를 열어 보곤 해요/거기엔 진짜 속이 후련한 욕들이 가득해요/한 가지만 가르쳐 드릴게요/이런 것도 있어요/'교문 나가다 바지나 확 틑어져라'"(「착한 어린이」 전문). 아이들에게 물어보면 '착한 어린이'인지 '나쁜 어린이'인지 알쏭달쏭하다는 답이 돌아올 김창완의 "욕상자"는 박성우의 유쾌한 '상상_상자'와 포개져 이렇게 중얼거릴 수도 있겠다. "내 나이는 벌써 한 백 살쯤 되었겠지?"

2
상상_상자
『박성우 시인의 첫말 잇기 동시집』

달력이 달리기를 할 줄 안다면
시간이 빨리빨리 지나가서
내 나이는 벌써 한 백 살쯤 되었겠지?

—「달력_달리기」 전문

단 두 개의 단어, 많아도 세 개의 단어로 작품이 태어나게 된 과정을 증명하고 텍스트의 독창성을 드러낼 수 있다는 것은 어른 작가로서의 뛰어난 역량이지만 그것은 또한 곧 시, 동시라는 장르가 말할 수 있는 최대치의 아름다움이 아닐까. 작가는 자신이 쓰고 또 스스로 자신을 읽는다는 사실에 의해서만 그 정신이 성립된다. 이런 측면에서 박성우의 이번 동시집은 특별함을 더한다. 사실 그는 지금까지 동시단뿐만 아니라 시단에서도 주목을 받아왔다. 그의 작품들이 보여준 세계의 뚜렷함과 아름다움이 그만큼 빛났다는 얘기다. 아름다운 서정의 속살을 만지고 있는 듯 구체적인 감각, 저마다 개별적인 우주로서 우리가 공유하는 슬픈 아름다움, 밤하늘의 별처럼 명멸하는 마음의 파편들을 쓰다듬는 손길과 목소리, 더없이 섬세하고 자연스러운 호흡으로 이어지는 그의 시편들을 읽다보면, 스스로 아름답다는 느낌마저 들 때가 있다. 그 어떤 슬픔이나 아픔 속에서도 다시 새로 시작되는 빛 앞에 한 걸음 내딛는 듯 그렇게 아름다운, 그리고……

공룡아, 공부 안 하고 왜 우니?

응, 내가 실수로 학교를 밟아 버렸지 뭐야!

—「공룡_공부」 전문

『박성우 시인의 첫말 잇기 동시집』(비룡소, 2019)은 위의 작품을 통해 확인할 수 있듯 말놀이 동시로 대변되는 최승호 시인과는 또다른 위상으로 우리 동시의 현주소를 보여준다. "상상 상자를 열면 독수리만 한 모기가 나와/상상 상자를 열면 하늘을 나는 두더지가 나와/상상 상자를 열면 타조보다 빠른 나무늘보가 나와/상상 상자를 열면 지네 발이 달린 뱀이 나와, 무섭지?/상상 상자를 열면 일등을 하는 나도 나와, 진짜 놀랍지?"(「상상_상자」 전문) 동시집을 아이들이나 읽는 것이라고 생각했던 독자들은 진짜 놀랄 수밖에 없다. 예컨대 첫말이 같은 것 빼고는 전혀 연관성이 없는 생뚱맞은 단어들인 '안녕'과 '안경'은 박성우의 상상을 거치면 이렇게 변한다. "안경 안녕, 세수하고 만나!/안경 안녕, 머리 감고 만나!/안경 안녕, 잘 자고 내일 아침에 만나!/근데 안경, 어디 있는 거니?/아 아니, 네가 왜 내 발밑에 있는 거니?/흑흑, 안경 안녕 잘 가!"(「안경_안녕」 전문)

우리는 매번 박성우를 펼칠 때마다 다른 메시지를 읽는다. 『박성우 시인의 첫말 잇기 동시집』 또한 독자들의 기대를 저버리지 않는다. 현실과 꿈을 하나의 상자 속에 넣고 뒤흔들어놓은 듯 그의 상상 놀이는 유쾌하다. 그의 목소리는 발칙하고 유쾌하지만 믿음직스럽고 친근하다. 짧지만 깊은 울림을 지닌 그의 문장들은 함부로 들뜨지 않는다. 시상의 뿌리가 목소리가 아니라 몸의 실체에 닿아 있기 때문이다. 이른바 진정성의 힘이다. 상상력으로 빚어낸 그의 언술은 매번 우리가 받아드는 선물이다. '우리가 상상하는 만큼 세상은 존재한다.' 그의 동시를 읽으며 내가 중얼거린 말이다. 박성우의 언어를 만날 때만 일어나는 경험이다. 그의 '상상_상자'는 우리에게 막연했던 무의식적 사고들까지 영상으로 바꿔주는 힘을 발휘한다. 어쩌면 그는 어른 작가로서 언어를 쓰는 것이 아니라 아이가 되어 아이들의 '몸짓'을 쓰며 빌렘 플루서의 세계를 실천하는 것인지 모른다.

글이 생각을 고정시킨다고 말하는 것은 잘못이다. 글쓰기는 생각의 한 방법이다. 어떤 몸짓을 통해서 표명되지 않는 생각이란 없다. 표명 이전의 생각은 하나의 가상성, 즉 아무것도 아닌 것에 불과하다. 생각은 몸짓을 통해서 실현된다. 엄밀히 말해서 우리는 몸짓을 하기 전에는 생각할 수 없다. 글쓰기의 몸짓은, 생각을 텍스트 형태로 실현시키는 일의 몸짓이다. 글로 쓰이지 않은 생각을 갖고 있다는 것은, 실제로는 아무것도 갖고 있지 않다는 말이다. 자기 생각을 표현할 수 없다고 말하는 사람은 생각하지 않는다고 말하는 사람이다. 중요한 것은 글을 쓰는 행위이고, 그 밖의 모든 것은 불가사의하다.

—빌렘 플루서, 『몸짓들』

(안규철 옮김, 워크룸프레스, 2018)

엄마 뾰족구두 신고

구름 위를 다다다 뛰어다니면

구름에 구멍이 뽕뽕뽕 뚫려

비가 와!

—「구두_구름_구멍」 전문

우리 오리 오빠는

내가 소리를 꽥 질러야

뒤뚱뒤뚱

내 방에서 나가

안 그러면

내 방을 다 뒤져 놔!

—「오리_오빠」 전문

전혀 연관성이 없어 보이는 생뚱맞은 단어들로 만들어진 시 제목만 봐도 재미난 이 동시집은 저학년들을 위한 말놀이이자 입안의 말을 꺼내 보고 만지듯 노는 게임 형식이다. "우리말에는 첫말이 같은 말이 많습니다. 무심코 저는 '상상'과 '상자'를 이어 봤습니다. 그랬더니 놀라운 일들이 일어났습니다. 독수리만 한 모기가 툭, 발 달린 뱀이 스르륵, 공부하는 공룡이 불쑥! 말과 생각을 잇는 것만으로도 재밌고 신나는 일들이 마구 생겼지요. 자, 여러분의 상상 상자 안에는 과연 뭐가 들어 있을까요?"(「시인의 말」) 박성우 특유의 상상력과 서정적 직관이 살아 있는 그의 '상상_상자'는 아이들의 생활과 많이 쓰는 단어를 첫말로 이어 놀라운 통찰을 건져올린다. 「길_길다」("길은 다 길어/놀러 가는 길만 빼놓고!"), 「넘어가다_넘어지다」("코끼리가 담을 넘어가다 넘어졌어//코끼리가 많이 다쳤겠구나?//아니, 담이 무너졌어!") 등의 시편을 통해 확인할 수 있듯 관조적 입장이지만 본질을 꿰뚫어 보는 듯 대상을 바라보고 거기에 상상력을 '엔진처럼' 얹어놓았기 때문이다. 그의 상상력은 아이들의 일상과 감정에 맞닿아 있어서, 한 편 한 편을 읽을 때마다 웃음이 터지거나 우리가 그동안 알지 못했던 정서적 파장을 불러온다. 이처럼 간결하면서도 명료한 공간에 담긴 동심은 아이들의 실체적 시공간과 아이들이 생활 속에서 흔히 쓰는 단어들로 발현되고 조율되며 상호 침투적인 방향으로 스펙트럼을 확장해 나간다.

미끌미끌한
바나나 껍질을
바느질로 이어서
미끄럼틀을 만들고 있어
엄청 미끄럽겠지
그치?

근데 말이야
바나나 바느질을 하다가
바늘을 스무 개나
잃어버려서
엉덩이가 좀 걱정되긴 해!

—「바나나_바느질」 전문

동심은 어른이 무한한 가능성을 가진 어린 자아를 만나 가능성의 공유 지점을 사랑으로 확인하고 그 사랑을 유쾌하게 실천해나가는 관계 맺음인지도 모른다. 「바나나_바느질」이라니, 박성우가 아니라면 과연 어느 누가 상상이라도 했을까. 아이들의 바나나와 어른의 바느질이 첫말로 이어져 빚어내는 유쾌한 상상력은 어른 작가로서의 바깥인 언어가 동심을 견인해 올 때 가능한 지점으로, 독자들의 감동으로 이어지게 된다. 이미 우리 시단과 청소년 시단에 매우 의미 있는 텍스트로 제출된 시인으로서의 위상이다.

3
질문_상자
『노래는 최선을 다해 곡선이다』

'최선을 다해 어른일 때 아이들에 관한 이야기를 할 수 있다.' 동시를 너무 쉽게 읽으려 하는 독자들에게 함민복의 두번째 동시집을 권하며 덧붙여주고 싶은 말이다. 동심을 '마음의 어머니'로 삼는 함민복의 인식은 독자들에게 단순히 의식과 경험뿐만 아니라 질문을 위한 깊고도 넓은 여백을 보여준다. 이안 시인의 해설처럼 '질문하기'는 함민복 동시의 방법론이다("이 동시집에 수록된 작품은 모두 마흔두 편인데, 절반이 넘는 스물두 편에 질문과 추측, 짐작의 어미나 '-보다'와 같은 보조형용사가 들어 있다."). 그러니까 그에게 질문은 발견이다. 모든 인간은 질문을 통해 새로운 존재로 깨어난다. 박성우 시인과 마찬가지로 시단에서도 그 위상을 확보한 함민복은 그 어떤 순간에도 자신의 세계와 자신의 자아를 새롭게 발견해낸다.

달리는 버스에서 쓴
글씨가 삐뚤빼뚤

낯선 이 글씨는
누구의 글씨체일까

버스체다
굽은 길체다

움직이는 지구에서 쓴
모든 글씨체는 지구 글씨체다

—「글씨체」 전문

지구 글씨체로 쓴 『노래는 최선을 다해 곡선이다』(문학동네, 2019)는 함민복 시인이 2009년 첫 동시집 『바닷물 에고, 짜다』(비룡소)에 이어 무려 10년 만에 독자들에게 제출하는 두번째 동시집이다. "길자(3년 전 죽은 강아지)와 이야기를 나누다 보면 나도 모르게 마음이 말랑말랑해집니다. '입추는 가을이 시작되는 날이다'라고 굳어져 있던 마음에 틈이 생깁니다. 그 틈에서 꿈틀꿈틀 예상하지 못했던 생각들이 싹틉니다. 질문이 만들어집니다. (……) 질문을 타고 다시 마음속으로 여행을 떠나 봅니다. 노래를 닮은 아름다운 곡선 길이 펼쳐집니다."(「시인의 말」) '마음을 여는 열쇠'가 질문이라고 말하는 그의 작품은 정교함과 정확함으로 빚어진 항아리처럼 매력적이다. 그 매력은 그냥 존재론적 질문이라고 불러도 무방하다. 특별하지 않은 방식으로 전개되는 그의 서사는 그러나 무섭도록 절제되고 다채로운 스펙트럼을 가진다. 삶에 대한 직관이 동심을 휘감아올리는 묘사의 힘은 자신과 우주와의 논쟁에서 나오고, 그의 질문들은 답을 원해서가 아니라 영혼을 일깨우기 위해 존재하기 때문이다. 우리는 그의 이야기에 매료될 수밖에 없다. 함민복만큼 수식 없는 언어로 전율을 주는 동시는 결코 쉽지 않다. 그의 담백한 서사와 언술을 통해 사랑의 신비와 그 아름다운 힘의 테두리 안에서 흔하게 보는 사물들 속에 숨은 듯 담긴 빛과 그림자를 건져올릴 수 있다.

참새가 앉으면
낭창낭창 앵두나무 가지가 휜다

참새가 날아가면
붉은 앵두 서너 알 떨어진다

참새가 더 조심했어야 할
참새 마음의 무게가

달콤 달콤 달콤
앵두 서너 알인가

—「앵두나무 저울」 전문

「앵두나무 저울」은 개인적으로 이번 동시집 최고의 수작으로, 최고의 구절이 담겼다고 생각하는 시편이다. "참새가 더 조심했어야 할/참새 마음의 무게가//달콤 달콤 달콤/앵두 서너 알인가". 놀랍지 않은가. 어깨 위에 내려앉아 잠시 숨을 돌리는 잠자리, 날아가는 기러기떼를 보고 있는 강아지, 물세제로 안경을 닦는 할머니, 땅에 떨어지는 서너 개의 앵두알, 그리고 그 앞에 '질문_상자'를 들고 앉아 오늘은 뭘 물어볼까, 하고 골똘한 시인. 10년의 시간이 그에게 이처럼 멋진 질문을 주었고, 이 질문으로 그는 동시의 집을 지었다. "함민복 시인의 동시는 쉽다. 그런데 어렵다. 시는 쓰고 읽는 것이지만 사는 것이기도 하다. 시인은 시를 쓰면서 시를 산다. 시의 독자도 마찬가지다. 시를 읽으면서 시를 살고자 애쓴다. 크게 느끼어 마음이 움직임. 국어사전은 감동(感動)을 이렇게 풀어놓았지만, 마음의 느낌(感)을 몸의 움직임(動)으로, 실천으로 밀고나가는 것이 감동이다. 함민복 동시의 어려움은 바로 여기에 있다. 함민복처럼 생각하고 살기의 어려움"이라고 한 이안 시인의 해설처럼, "질문하기는 함민복 동시의 방법론이다". 그렇다. 곡선 길을 따라 동심이란 마음의 어머니를 찾아가는 그의 여행은 반성조차 아름답다.

늘
강아지 만지고
손을 씻었다

내일부터는
손을 씻고
강아지를 만져야지

—「반성」 전문

시인은 그 어떤 시공간에서도 한사코 과잉되는 법이 없다. 어떤 고백이나 반성조차 그렇다. 누구나 저마다 고백이 되고 반성이 되기 직전의 무엇을 가지고 있음을 그는 알고 있다. 우리의 수많은 고백이나 반성이 모두 바깥으로 터져 나와 과장된다면 역설적으로 그 고백이나 반성은 더이상 의미를 가질 수 없을 것이다. 위의 시편처럼 강아지를 만지는 아이의 독백을 통한 그의 반성은 2연 6행에 불과하다. 그러나 시에 무심한 듯 담긴 그의 언술과 감각적인 장면의 연쇄는 비록 짧지만 극적으로 피어오를 수 있는 무대가 된다. 이 눈부신 반성은 어른 독자로서의 우리가 아름다움이라고 부를 수 있는 가능성을 불러오기에 충분하질 않은가. 어디 이뿐인가. 함민복은 덤덤한 듯 건조하게 삶을 풀어놓으면서도 때때로 아이들의 마음 가득 질문을 던져 사랑으로 터져 나오도록 이끈다. 독자들은 그의 이야기에 단단히 붙잡힌 채 동심이 지나가며 남기는 흔적들과 그 흔적들이 지나간 뒤에도 여전히 이어지는 시간의 궤적을 사랑으로 껴안을 수 있다.

「물어볼까」「어머니가 책상을 사 주신 날」「벌들의 오해」「물나라 글씨」 등 뛰어난 작품으로 대변되는 그의 동시집 속에는 「꽃호랑이」도 한 마리 앉아 있는데, 이 글을 시작하며 언급한 '방귀'처럼 김창완의 '사랑_상자' 속 「호랑이」와 박성우의 '상상_상자' 속 「사이다_사자」를 꺼내 함께 읽으면 재미있다. 제목은 '엉터리로 묶이는 호랑이 두 마리와 사자 한 마리'쯤이면 한 번 더 웃을 수 있겠다.

#엉터리로 묶이는 호랑이 두 마리와 사자 한 마리

동물원에 가다가 식물 호랑이를 보았어요
눈동자도 수염도 꼬리도 꽃으로 만들어
무섭지 않고 귀여운 꽃호랑이
꽃호랑아
너도 한번 울어 보렴!

호랑무늬 흉내 낸 벌과 나비가
가느다란 발로 몸 간질여도
뾰족하지 않고 납작한 꽃털
바람에 산들산들 흔들며
향기로 향기로 웃기만 하는 꽃호랑이

이빨 없는 호랑이 더 싱싱하게
물 한 조리개 뿌려 주고 싶었지요

—함민복, 「꽃호랑이」 전문

동물원에 갔다
호랑이를 보러 갔다
호랑이가 어흥 할 때까지 기다렸다
한참을 기다려도 호랑이는 하품만 했다
시시해서 돌아서는데
갑자기

거쿠와어루황~ 하는 소리가 들렸다
나는 바지에 오줌을 쌌다
망할 놈의 호랑이 어흥 하고 울 줄 알았더니
순 엉터리로 울어서 진짜 놀랐다

—김창완, 「호랑이」 전문

사이다를 마신 사자 왕이 말했어
끄윽 끅 끄윽!

—박성우, 「사이다_사자」 전문

위의 시편들처럼 세상의 모든 아이들은 눈과 코와 입 그리고 귀가 아니라 질문과 사랑과 상상과의 만남을 통해 세상이 진짜이고 아름답고 바람직한 것임을, 그리고 자신도 진짜이고 소중한 존재임을 배운다. 한 인간으로서의 시인이나 작가가 꺼내놓은 작품이란, 문학이라는 우회할 수 없는 길들을 온몸으로 부딪치며 갔다가 다시 처음으로, 마치 누군가에게 가슴을 열어 보였던 한순간의 이미지를 다시 찾거나 그 이미지 위에 자신의 그림자를 놓고 '실패를 자책하거나 고백하는' 여정에 지나지 않는 것인지도 모른다. 그렇다. 굳이 어떤 창작 이론을 빌리지 않더라도 동시라는 장르 또한 아름다운 인간이 되기 위해 만들어놓은 미지의 길인지 모른다.

지금까지 말한 세 개의 상자처럼, 동심이란 아름답고 또 아름답고 아름다워서 우주적 기억으로도 완성이 불가능한 이야기. 그렇다면 동시는 우리가 살아 숨쉬는 그 언제까지나 실패가 아니고 무엇일까. 동시를 읽고 쓰면서 살아온 나는 그리고 당신은 누구일까. 가끔씩은 사람이 아니고 싶을 때가 있다. 사람이 아니고 그냥 '사랑'이고 싶은 그런 날이 있다. 한 사람의 독자 입장에서 말하자면 두고두고 감사할 일이다. 세 개의 상자를 통해 우리는 우리가 몰랐던 아름다운 우리의 이야기를 보고 듣고 만지는 것이다.

시인 김유진의 주술과 마법사 김유진의 힘

—김유진, 『뽀뽀의 힘』(창비, 2014)

김유진 선생님께.

그러니까 「꼬르륵」 등의 작품을 계간 『창비어린이』에서 본 게 2009년 이맘때였으니까 벌써 훌쩍, 10년이 넘게 지났네요. 김유진 시인님, 잘 지내시죠? 작품으로 먼저 뵙고 그후 『어린이와 문학』 좌담회에서 인사를 드린 적이 있죠. 선생님의 첫 동시집이 제가 개인적으로 많이 기다려온 동시집 가운데 한 권이었기 때문이었는지 모르겠습니다. 동시집을 읽는 내내 머릿속을 지나간 어떤 느낌이 아직도 생생합니다. 파울로 코엘료 때문인지도 모르겠습니다. 그는 "행복의 비밀은 이 세상 모든 아름다움을 보는 것, 그리고 동시에 숟가락 속에 담긴 기름 두 방울을 잊지 않는 데 있다"(『연금술사』, 최정수 옮김, 문학동네, 2001)고 했지만 나는 내가 아이였던 시절에 두 눈에 맺힌 눈물 두 방울이라고 씁니다. 글쎄요. 동시를 쓴다는 건 규격화된 삶의 형식으로는 예상할 수 없는 어떤 발견과 발명의 연속, 이를테면 아이들과 함께 경험하는 '마법의 순간'일 수 있다는 생각 때문이었을까요. 그래서 "쉬는 날/잠만 자는 아빠"(「뽀뽀의 힘」)에게 딸아이가 해주는 뽀뽀 같은 질문 하나가 떠올랐는지 몰라요.

이즈음 아이들에게도 빗자루나 양탄자를 타고 하늘을 나는 마법 같은 것이 필요할까요?

『뽀뽀의 힘』을 슬쩍 '마법의 힘'으로 바꿔 읽습니다. 시인님의 시집을 기다렸던 독자의 한 사람으로서 어떤 질문에 끊임없이 답을 하려는 과정을 공유했으면 좋겠다, 싶은 바람 때문입니다. 또다른 한편으론 동시를 쓰는 동료로서, 한때 나였던, 그리고 지금도 내 곁에 있는, 어쩌면 영원히 우리 주위를 별처럼 돌아다닐 아이의 눈동자를 잃어버리거나 잊어버리지 않겠다는 의지 때문이기도 합니다. 언제 어디서 읽었는지 그리고 맞는 말인지도 모르겠지만, 모든 글쓰기는 '결여'에서 비롯된다는 글을 읽은 적이 있습니다. 그러니까 '빈 곳'에 무엇인가를 채우려한다는 것, 아프도록 긁고 새겨서 모종의 흠(흔적)을 남긴다는 것, 하지만 본질적으로 그러한 채움은 곧 다시 결여로 남는다는 것. 욕망이 그 끝을 모르는 것은 이러한 이유 때문이라더군요. 그렇다면 또다른 질문이 하나둘 자꾸 생길 것 같아요. 예컨대 나는 지금 무엇을 보고 있는가, 무엇을 본 사람인가, 내가 본 눈동자는 누구의 것인가, 아이들의 것인가 어른으로서 나의 것인가 하는 식의……, '바보스럽기' 짝이 없는. 가령 이런 상투적인 은유가 그렇습니다. 봄이 눈부신 것은 꽃이 피기 때문인데, 꽃이 핀다는 것은 꽃나무 여린 가지마다 망울이 둥글게 맺혀 사상(事象)과 교신하고자 하는 찬란한 투쟁이겠지요. 이때 투쟁은 어른의 입장에서 보면 자아와 타자의 차이를 감내하는 것은 물론 자아의 내면과 벌이는 고투를 동반한 삶의 형식이지만, 아이들의 입장에서 보면 '마법의 순간'이 아닐까요. 시의 입장에서는 동심이 발화하는 지점이겠지요. 이쯤에서 다시 처음의 질문을 꺼내야겠죠. 이즈음 아이들에게도 마법 같은 것이 필요할까요? 만약 제가 이 질문을 받았다면? 글쎄요. 저는 마법 따윈 필요 없다고 말할 것 같아요. 그리고 덧붙이겠죠. 마법 대신 마법사가 필요하다고 말이에요. 이유야 뭐, 빤하잖아요. 시인님이 받아쓴 것처럼 아이들은 이미 마법을 가지고 있으니까요. 어른이 될 때까지 떠나지 않는 친구처럼, 지금 우리 발밑의 그림자처럼. 문제는 아이들은 스스로 마법을 가지고 있으면서 그걸 모른다는 사실이죠. 우습잖아요. 이미 마법을 가지고 있으면서 스스로 그걸 모르는 마법사라니. 그렇습니다. 그래서 김유진이란 마법사가 필요한 것 아니겠어요. 제가 이렇게 단정할 수 있는 건 시인과 마법사의 공통점이 세계의 답을 찾는 자가 아니라 물음을 찾는 자이기 때문입니다.

옷장에서 잠옷과 청바지가 춤을 추며 나와요
신발장에서 샌들, 양털 부츠, 고무신이 걸어 나오고
부엌에서 동그란 접시들이 굴러 나오면
책장에서 세상 모든 이야기가 쏟아져 나와요

아기가 스친 곳마다
온갖 물건이 살아 나와요

—「마법에 걸린 집」 전문

시집 90쪽에 실린 위 작품에 대해 출판사는 김은영 시인의 해설을 인용해 이렇게 설명해요. "시인은 가지런히 정돈된 집, 즉 '세계'를 어지럽히는 아기를 생명력을 불어넣는 마법사로 인식한다. 김유진 시인은 자신이 쓴 동시 속 아기처럼 솜씨 좋은 마법사가 되어 생동하는 동시의 세계로 독자들을 초대한다." 그래요. 정말 그런 것 같아요. '마법사 김유진'이 가진 시적 욕망은 마법을 가졌지만 그것을 모르는 아이들의 현장을 목도하고 그것을 말이 아니라 행동으로 증언하는 것이라고 생각했어요. 「보라색 머리핀 하나 사고 싶었는데」「빨간 털실 한 뭉치가」「짜파티를 빚는 저녁」「마법에 걸린 집」 등의 매혹적인 작품들에서 저는 시인님이 추구하고자 하는 동시의 세계와 그 세계를 향한 질문의 핵심을 발견하고, 그 진가를 확인할 수 있어서 고마웠어요. 우리 동시에서 쉽게 찾아볼 수 없던 주술적 언술과 우리가 흔히 말하는 동심을 보다 구체적으로 형상화하기 위한 시 정신을 읽을 수 있었던 까닭이겠죠.

아빠 조끼가 되어
추운 데서 일하는
아빠 가슴을
빨갛게 덥혔다가

도로로로 실을 풀고
라라라라 뜨개질로

할머니 목도리가 되어
낡은 외투 한 벌로
겨울나는 할머니를
동네 멋쟁이로 만들었다가

도로로로 도로로로

라라라라 라라라라

아이 망토가 되어

하얀 눈이 내리는 날

빨간 토끼를

깡충깡충 뛰게 했다가

도로로로 라라라라

갓난아기 모자가 되어

먼 나라의 높고 추운 밤

아기의 생명을 지키는

촛불 하나가 되었다가

—「빨간 털실 한 뭉치가」 전문

따스한 서사와 리듬감 있는 언술 때문인지 모르겠어요. 머리가 빨간 털실 한 뭉치처럼 "도로로로 라라라라" 구를 것 같은 기분을 붙잡아 저는 생각했어요. 동시를 쓰는 시인으로서 어른과 아이의 시간을 가장 정확하게 분절해내면서도 구체적으로 그 처음과 끝을 감싸 안는다는 것은 마법을 가졌음에도 그걸 모르는 이즈음 아이들의 세계를 거울처럼 바라보는 것이 아닐까요. 그러니까 아이들의 눈은 여린 꽃망울처럼 오늘의 시간이자 미래의 사태란 거죠. 동시를 쓰는 지금의 우리는 과거라는 시간 속에 은폐되었지만 여전히 진행형인 미래의 시간처럼…… 그것은 아이들의 생각과 행동은 어른의 그것보다 훨씬 더 다채로운 스펙트럼을 가지고 있다는 사실을 인정함으로써 얻어낼 수 있는 마법이 아닐까요. 의미를 좀더 확장시키면 어른보다 아이들에게 훨씬 더 다채로운 삶의 형식이 주어져 있다는 얘기죠. 아이들이 가진 마법은 곧 어른들을 넘어서려는 안간힘일 수도 있겠죠. 어른들의 언어 속, 그러니까 다소 속되고 거짓된 그것들을 넘어서려는 몸짓이 진심이 아닐까, 하는 생각도 해봤어요. 언어가 부족하지만 그만큼 넘칠 수밖에 없는 그것은 우리가 흔히 말하는 동심이며 어떤 환상이자 마법의 형상과 다름아니겠지요. 그래서 어찌 아름답지 않을까, 생각했어요. 솔직히 말해 문학이란 장르를 통해 부릴 수 있는 마법이란 게 별거 있겠어요. 이를테면 같은 이야기라도 누가 하느냐에 따라 달라진다는 언술의 문제이거나 타고난 재능 혹은 끊임없는 노력의 결과에 따라 포장이 달라지는 미학적·정서적·인식적 가치의 문제일 뿐이잖아요. 그러나 동시의 세계에서만큼은 이런 가치 기준보다 먼저 짚고 넘어가야 할 것이 있다고 우기고 싶었어요. 아이들의 가식 없는 몸짓 속에 내재된 진실의 힘 때문이 아닐는지요. 제가 시인 김유진을 가장 강렬하게 읽었던 것은 「보라색 머리핀 하나 사고 싶었는데」란 작품을 통해서였어요. 그리고 동시집 끝머리에 둔 「시인의 말」을 읽으며 이 작품이 어떻게 나왔는지 알 것도 같았지요. "나의 목소리가 찾아낸 옷이 동시라서 기쁘다. (……) 나의 이야기가 찾아낸 옷이 동시라서 기쁘다." 멋졌어요. 동시란 게 그런 것 같아요. 한 줄로 요약 가능한 주제 의식이든 눈물이나 웃음으로 포장된 상투적 감정이든 그 어떤 이야기로부터 가공된 지식이나 경험을 건네받는 것이 아니라는 거죠. 「보라색 머리핀 하나 사고 싶었는데」가 그랬어요. 이야기 자체가 우리의 몸을 관통한다는 사실을 입증하듯 산문시 형식의 매혹적인 언술로 아이들의 숨은 내면세계와 욕망을 추인하는 솜씨를 보며 저는 우리 동시의 새로운 위상과 미래를 생각할 수 있었지요.

보라색 머리핀을 사고 싶었어. 가게 앞을 지날 때마다 유리창 너머 머리핀을 바라보았지. 누가 먼저 사 가면 어쩌나 마음 졸이며 말이야. 어느 날 드디어 머리핀을 살 수 있었어. 머리핀을 꽂은 거울 속 내 모습이 예뻐. 가슴이 두근댈 정도로. 머리핀 하나로 행복했지. 그런데 보라색 머리핀에 어울리는 옷이 없네. 얼른 보라색 옷을 샀어. 보라색 옷에 어울릴 보라색 구두를 사고 보라색 구두에 어울릴 보라색 양말도. 보라색 가방과 모자도 샀지. 갑자기 필요한 게 너무 많아졌어. 보라색 장갑, 목도리, 수영복, 반지, 목걸이, 시계, 손지갑…… 참, 우산과 장화도 빼놓지 말아야지. 이제 내 몸에 걸친 모든 게 보라색이 되었어. 살짝 말하자면 속옷까지. 보라색 테두리에 보라색 렌즈인 보라색 안경도 꼈으니 눈에 보이는 모든 게 보라색이야. 나도 온 세상도 보라색인 거야. 보라색 머리핀 하나 사고 싶었을 뿐인데. 그저 보라색 머리핀 하나 샀을 뿐인데.

—「보라색 머리핀 하나 사고 싶었는데」 전문

그래요. 저는 가장 먼저 김유진이란 시인의 시선이 가닿는 곳을 주목할 필요가 있다고 생각했어요. 어른 작가로서, 아이의 내면을 깊이 바라보는 자기 관찰자로서의 시선이 무척 새롭고 깊다고 느껴졌거든요. 내재율이 살아 있는 언술도 무슨 주술처럼 좋았어요. 어떤 것을 보고 싶거나 사고 싶을 때, 그것이 미래의 사태로 확장되었을 때 무엇이 생겨나는지, 아무것도 생겨나지 않는지, 드물지만 세상과 미약하게 어떤 긴장감을 갖는지. 아이들 내면의 그런 것들을 보고 싶은 시인으로서의 욕망 때문이 아닐는지요. 어쩌면 제 안에 숨어 있는 아이가 그런 강렬한 감각에 휩싸이기 때문일지도 모르겠어요. 줄곧 무언가를 보고 싶다, 그래서 가지고 싶다, 라는 마음은 어른이나 아이 모두 무척 중요하게 생각하는 어떤 것 중의 하나잖아요. 그래서 그런 건지 모르겠어요. 동심은 물론 문학까지 책임지기를 고집하는 동시를 저는 좋아해요. 우리 동시의 새로운 위상과 가능성은 여기서부터 시작되어야 한다고 우기고 있는 중이거든요. 물론 독자들로 하여금 잠시 웃고 가라는 듯 말놀이를 통해 보여준 재치와 익살(「아에이오우」), 늦둥이 동생을 위한 엄마의 자장가를 짬뽕이 불러주는 짜장 노래로 슬쩍, 바꾸는 해학(「짬뽕이 불러 주는 짜장 노래」)도 좋았어요. 그리고 우리 동시의 외연을 보다 구체적으로 확장시키거나 변주하려는 의지가 보이는 작품(「짜파티를 빚는 저녁」) 또한 무척 인상 깊었어요.

한집에 세 들어 사는
인도 아이 영미가 불러
영미 가족과
짜파티를 빚었다

밀가루 반죽을
동글납작하게 빚어
프라이팬에 구우면

풍선처럼 후욱
부풀어 오르다가
풀썩, 납작해지는

인도 빵 짜파티

엄마 일 나간 토요일
저녁도 라면으로
때울 뻔하다가
짜파티를 먹었다

영미와 나
같은 지붕 아래 뜬
보름달
인도 빵 짜파티

—「짜파티를 빚는 저녁」 전문

출판사의 서평처럼, "한집에 세 들어 사는/인도 아이 영미"와 함께 빚은 "인도 빵 짜파티"로 어린 화자의 육체적인 허기와 주말에도 일 때문에 집을 비운 엄마로 인한 심리적인 허기까지 마법사 김유진은 보름달처럼 둥글게 어루만져주거든요. 세상의 모든 아이들은 "인도 아이 영미"와 화자처럼 세계로부터 도망가는 것이 아니라 부딪치고 마주치며 사랑으로 투쟁을 벌이면서 미래의 사태를 극복하지요. 『뽀뽀의 힘』은 여기서 나오는 게 아닐는지요. 이쯤 되면 서두에서 던진 마법 운운하는 질문 따윈 사라지고 '마법의 순간'만 남는 거죠. 그렇습니다. 개인적으로 저는 동시 본연의 매력을 잘 살렸다는 평설 속 짧은 서정의 시편들보다 위에서 언급한 「보라색 머리핀 하나 사고 싶었는데」 「빨간 털실 한 뭉치가」 「마법에 걸린 집」 등 김유진 특유의 언술과 시선 그리고 서사가 살아 숨쉬는 작품들이 훨씬 매혹적이었어요. 비록 짧은 시간이었지만 동심은 물론 문학까지 책임지고 싶어하는 시인 김유진의 주술과 마법사 김유진의 힘이 함께 공유한 새로운 질문 때문이 아닐는지요.

말의 뼈, 꽃의 몽상

—시인들의 모험과 독자들의 엄살에 관하여

> 우리의 내부에서, 여전히 우리의 내부에서, 언제나 우리의 내부에서 어린 시절은 영혼의 상태이다.
>
> —가스통 바슐라르, 「어린 시절을 향한 몽상」
>
> (『몽상의 시학』, 김웅권 옮김, 동문선, 2007)

어른들 입장에서 보면 이미 '죽은 동시'가 있다. 조금 어렵다 싶으면 읽기도 싫은 것이다. 곧 이미 죽은 것이다. 그들의 말을 빌려오면 이렇다. '애들이나 읽는 시인데 어른인 나도 이해가 잘 안 되는 이게 무슨 동시냐!' 그들은 대부분 동시를 단순한 말놀이 혹은 동요로 착각하거나 산만한 독서와 뒤섞는다. 그들에게 동시는 자기 자신이 아니라 아이들에게나 필요한 유치한 장르다. 나름 지적 허영심을 가진 어른들의 엄살 혹은 허풍 앞에 문학의 한 장르로서의 동시는 허울만 남는 셈이다. 아이들이 좋아하는 것과 어른들인 우리가 좋아하는 것은 다르다고 간단하게 말해버리는 것은 문제다. 좀 과장해서 말한다면 인간으로서의 영혼을 부정하는 일이 아닐까. 이 글을 시작하기 전 가스통 바슐라르의 말을 관문으로 얹어놓은 까닭이다.

어떤 모험도 몽상도 없는 독서는 마음의 가난해짐만을 확인할 뿐이다. 어쩌면 동시를 쓰는 창작자들에게만 실험정신이 필요한 것은 아닐지 모른다. 즉 동시를 읽는 독자들에게 더 큰 실험정신이 필요한 시대가 왔는지 모른다는 얘기다. 우리는 모두 어린 시절을 가지고 있고 그 어린 시절은 영혼의 상태이기 때문이다. 그러나 우리는 이런 사실을 너무나 쉽게 간과하고 있다. 예컨대 시나 소설 등 다른 문학작품에 관해서는 무언가 새로워야 하고 혹은 새로운 것처럼 보이는 어떤 텍스트를 끊임없이 보여주지 않으면 안 된다는 강박을 가지면서도 유독 동시라는 장르만이 가볍고 유치한 (창작자들의) 단순노동이라고 생각하기 때문이다. 핑계야 얼마든지 있다. 아이들을 내세운 소통의 문제가 그것이다. 이들에게 동심은 그 자체로 존재하는 것이 아니라 단지 동시를 창작하기 위한 원자재로 인식될 뿐이다. 이를테면 아이들에게 들려줄 어떤 이야기의 집을 짓기 위한 벽돌 같은 재료일 따름이다.

당신은 성숙한 독자라고 말할 수 있는가. 그렇다면 성숙하다,라는 형용사가 당신의 진심 혹은 진실과 얼마나 가까울까. 좋은 동시를 읽고 느끼는 반응은 탁월한 소설이나 시 그리고 철학 관련 책을 알아보는 것과 마찬가지로 경험과 훈련 없이는 불가능할지 모른다는 사실을 한 번쯤이라도 고민해봤을까. 이런 질문과 고민을 전제로 한다면 당신이 동시를 읽어야 하는, 그리고 나아가 좋은 동시를 욕심내야 하는 이유는 분명해진다. 문학적인 주석을 달자면 좋든 싫든 적어도 이번 생을 살아가는 동안 당신은 당신의 육체와 함께해야 하고, 그 육체의 주인인 당신은 당신 안을 살아가는 당신이란 아이를 데리고 다녀야 한다. 동시란 문학 장르 또한 단순한 취향이나 교양의 문제가 아니라는 얘기다. 어쩌면 성인 문학보다 더 생각하고 고민해야 할 안목의 문제이며 진심 혹은 진실의 문제이기도 하다. 이는 문학뿐만 아니라 모든 문화예술 그리고 나아가 자연의 어떤 현상적 아름다움에 관해서도 마찬가지로 드러날 것이다. 진심을 다하라. 그리고 기다려라. 시인이 어린이에게 주는 짧은 동시 한 편으로 무엇을 만들어내려고 하는지, 당신과 바로 당신 자신인 아이의 몸과 마음에 어떤 의미를 담으려고 하는지 보라. 들어라, 정확하게. 그러나 안타까운 점은 지금 우리 동시 독자들의 대부분은 시든 동시든 앞에 놓인 텍스트를 수용하기보다 이용한다는 것이다. 가령 동시 한 편이 자신과 자신의 아이들에게 무엇인가 행하기를 기다리는 대신 성급하게 다가가 마음대로 평가하고 뭔가 해보자고 달려든다. 어리석은 독자들은 귀가 없다. 코도 없고 입도 없다. 그들은 오로지 눈으로만 읽는 것이다. 모든 예술작품은 두 가지 측면에서 조명할 수 있다. 문학예술은 '의미'하는 것임과 동시에 '존재'하는 것이다. 보다 구체적으로 말하자면 말해진 어떤 것이면서 만들어진 어떤 것이다.

손이 발이 되도록 빌어서
네발로 기어 다닐 수 있다면
아름다운 신앙이다

—김준현, 「레의 힘」 부분
(웹진 《공정한시인의사회》 2010년 10월호)

시인의 몽상이 세계로 개방되는 순간이다. 김준현 시인이 아이들에게가 아니라 어른들에게 준 이런 구절처럼, 시인의 삶 속에는 몽상이 현실 자체를 동화시키는 순간들이 있다. 시인이 우리에게 가져다주는 이런 이미지들 앞에서 우리는 스스로 아름다울 수 있으며, 이 순진한 자찬과 경탄은 매우 자연스럽다. 대부분의 시인은 꿈과 현실이 만나는 곳에 있고 그들이 부리는 이미지는 꿈과 현실 가운데 어느 쪽에 발을 담그고 있든 순수한 정신의 창조물이다. 우리가 말하는 시적 모험은 여기서 시작된다. 그러나 대부분의 우리는 이를 간과한다. 말을 하면서 착각하기 시작하고 결국은 대립하는 것들의 결합을 즐기지 못한다. 거의 꿈을 꾸지 않을 뿐 아니라 학문적이 되기 십상이다. 동시를 쓰고 읽을 때 가장 유의해야 할 지점이 바로 여기다. 해서, 이런 질문이 가능하다. 당신은 당신 자신에게 당신이 몽상한 모든 것을 말할 수 있는가? 가스통 바슐라르에 따르면 말은 인간의 정신 현상을 심층에서 움직이는 지극히 멀고 지극히 모호한 욕망과 결부되어 있다. 김준현이 보여주는 기도는 무릎을 꿇고 두 손을 가슴에 모아 하는 기도를 넘어선 그 무엇이다. 우리의 무의식은 끊임없이 중얼거리며, 우리는 그 중얼거림에 귀를 기울일 때 우리 자신의 진실을 듣는다. 그리고 때때로 욕망들은 우리 안에서 대화를 시도하기도 한다.

1
말의 뼈

모든 문학작품은 말(단어)의 연속이다. 그리고 소리(혹은 그 소리에 상응하는 시각적인 등가물)는 다름아닌 단어이기 때문에 그 단어를 넘어서는 것을 마음에 전달한다. 이때 말의 뼈는 곧 단어라고 말할 수도 있다. 어떤 문장 속의 단어가 된다는 것은 이런 걸 의미하는 것은 아닐까. 김준현 시인에게 말은 진짜 잠, 나아가 죽음까지 경험할 수 있는 요람일 수 있다.

그리고 그것은 세상에 존재하지만 존재하지 않는, 가장 확실한 피난처일 수 있다. 가스통 바슐라르의 말처럼, 결론은 꿈꾸기를 원한다는 것. 이를테면 시인은 자신의 말이 꿈꾸기를 원할 것이며, 말은 자신을 부리는 시인이 꿈꾸기를 원할 것이다. 말들은 현재의 존재 속에 꿈들을 끌어모으면서 현실이 된다.

말의 종류를 괄호 안에 넣어 볼까?

(얼룩말, 거짓말, 조랑말, 바른말, 양말, 정말, 반말, 참말, 흰말, 고운말, 검은말, 존댓말, 갈색말)

이 정도로도
괄호가 미어터질 거 같은데?
말이 너무 많으면
입에서 마구간 냄새가 나겠어

거짓말은 왠지 얼룩말을 닮았을 거 같아
검은색이 얼룩인지
흰색이 얼룩인지
분간이 안 가는 말이잖아

고운 말은 양말이랑 비슷해서
따뜻한 콧김을 히히힝 내뿜고
정말?

정말

반말은 말꼬리가 짧을 거 같은 게
말이랑 안 닮았을 거야
왠지 싫은 녀석

같은 말이라도
쉽게 나오지 않는 말들은
내가 잠들면 입 밖으로 몰래 튀어나와서
아프리카 초원처럼 넓은 꿈속을 마구 달린대
무슨 말인지는 몰라도
잠꼬대처럼 웅얼거리는 말들이래
아빠가 봤대

—김준현, 「말에도 뼈가 있을까?」 전문
(『나는 법』)

말의 천국이다. 김준현 시인의 말은 입속에 숨은 말(言)과 초원을 달리는 말(馬)들로 가득하다. 어린아이가 소라 껍데기 안에서 파도 소리를 듣듯이 그는 시인 이전에 말의 몽상가가 된다. 말의 몽상가는 어떤 낱말들에 아이처럼 귀를 기울일 때 꿈의 세계의 웅성거림을 듣는다. 몽상이 말을 업고 달려 나오는 순간이다. 이를테면 미학적 글쓰기를 하려고 고심하다보면 입속의 말들이 밖으로 튀어나오지 않고 마치 내부로 이동하는 것 같다. 글자가 되기 전 하나의 말이 놀라움을 준다. 국어 교과서를 읽듯 그것을 읽을 때는 잘 들리지 않았는데 말이다. 몽상과 함께하는 말과 글은 진화한다. 그리하여 시인은 「말에도 뼈가 있을까?」라는 질문을 앞세워 거짓말, 반말, 고운말 등등에 생명력을 불어넣을 수 있는 것이다. 말은 일단 표준화된 소통에서 벗어나면 수수께끼의 모습이 되거나 스스로 이야기를 만들어낸다. 동시만이 가질 수 있는 힘이다. 우리가 말을 거쳐가는 속도나 공간을 통해 우리 자신을 이해하고 꿈을 만들 수 있다고 말할 수도 있다. 시적 몽상은 말이 생기기 전 말의 세계까지 되살려낸다. 세계의 모든 존재들은 규정되기 전의 이름으로 말하기 시작한다. 거짓말과 얼룩말은 어떻게 탄생했고 누가 그것들을 명명했는가. 하나의 낱말은 또다른 낱말을 그리고 수없이 많은 말을 끌어들인다. 우리가 쓰는 모든 말들은 우리가 꿈꾸는 문장들을 만들고 싶어한다. 시인이기 전에 말의 몽상가는 자신의 입속 하나의 말에서 아프리카 초원을 달리는 말이 나오게 한다는 것을 알고 있다. 그러고 보면 입속의 거짓말처럼 세상의 모든 것이 '은밀한' 생명으로 살고 있다. 따라서 모든 것이 진지하게 말한다. 시인은 세상의 모든 말들을 귀기울여 듣고 되풀이한다. 결국 시인의 목소리는 세계의 목소리다. 이 목소리는 우주적 몽상이다. 시인은 우주적 몽상에 잠겨 말을 꿈으로 바꾸기도 한다. 그는 우리가 사용하는 언어로 세계의 꿈에 대해 말한다. 인간이 꽃보다 아름다울 수 있는 것은 말을 꿈으로 바꿀 수 있는 몽상 때문이다. 세상에 존재하는 모든 말은 그것들의 창조한 이미지를 믿는다. 말의 몽상가는 세계의 사물에 적용된 인간의 말과 그 몽환적인 어원을 보고 듣고 만질 줄 안다. 우리가 꽃의 말을 들을 수 있고 쓸 수 있는 것은 그 때문. 시의 차원에서 언어에 대한 자각을 세련시키도록 시도할 때, 우리는 새로운 말의 인간과 접촉한다는 인상을 갖는다. 이 말은 관념들이나 느낌들을 표현하는 데 그치지 않고 미래를 갖고자 시도한다. 우리가 흔히 말하는 시적 이미지는 그 새로움을 통해서 사전에 담긴 언어를 다시 태어나게 한다.

2
몽상

시인이 창조한 이런 말의 세계는 순진무구한 몽상으로 열린 꿈의 공간이기도 하다. 예컨대 꽃말 같은 경우, 인간이 꽃의 이름에 붙인 주석만은 아니다. 그것은 듣기에 따라 꽃의 몽상일 수 있으며, 자신의 이름을 지어 준 인간에 대한 꽃의 서정적 고백일 수 있다. 모든 이름들에 근원적 사유를 결부시킬 수 있으며 자연스럽게 애정과 추억이 따라온다.

시적 몽상은 그 진원지가 어디든, 어떤 것이든 살아 있는 말의 힘으로부터 태어난다. 몽상을 장착한 이 말의 힘은 우리의 감정에 강력하게 영향을 미친다. 그런 까닭이다. 우리는 더 많이 꿈꾸어야 하고 우리가 부리는 말 자체 속에서 스스로 꿈꾸어야 한다. 어린 시절을 노래하는 시인들의 몽상과 독자 사이에는 우리 안에 여전히 존재하는 어린 시절의 어떤 매개를 통한 교감이 있다. 이 어린 시절은 나이와 상관없이 하나의 삶으로 열린 기억과 공감으로 머물고 있으며, 우리를 스스로 위안하게 해주며 사랑하게 해준다. 말의 몽상가인 시인이 말을 하면 우리는 '구름자동차'가 되기도 하고 '미루나무'가 되기도 한다.

조심조심 달리는데도
구름자동차가
미루나무 꼭대기에

쿵, 하고 부딪쳤다

다치거나 부서진 것은 없다
그저 구름자동차는
미루나무에게
키가 커 멋지다 하고

미루나무는
구름자동차의
시트가 푹신푹신
한번 타 보고 싶다 하고

—송찬호, 「구름자동차와 미루나무」 전문
(『초록 토끼를 만났다』)

몽상은 우리 안을 소리 없이 오가는 기차다. 어린 시절부터 생의 모든 시기에 우리의 모든 나이를 투명하게 통과한다. 노인들만 남은 시골의 허름한 간이역처럼 느껴지는 인생의 말년에 어린 시절의 몽상을 다시 체험하고자 시도할 때, 우리는 마치 말에 뼈가 있는 것처럼 입속의 말에 힘이 가해지는 느낌을 받는다. 가령 백발의 한 노인이 지그시 눈을 감고 어린 시절에 대해 몽상할 때, 엿보는 표정에는 생의 모든 것이 담겨 있다. 나아가 세상의 모든 아름다움을 관조하고 있다는 듯 미학적이라고 말할 수도 있을 것이다. 그렇게 어린 시절 우리를 사로잡았던 몽상에 덜미가 잡혀 곧바로 어떤 추억이나 슬픔, 사랑의 비탈에 서 있게 된다는 사실보다 아름다운 생의 편린이 어디 있을까. 우리는 한순간 구름자동차를 타고 미루나무 꼭대기에 쿵, 부딪치기도 하면서 까마득히 떠나온 몽상 속으로 되돌아간다.

3
실뭉치와 빨간불

고양이가
내 새끼발가락을 살살 잡아당기지 뭐야

올이 풀리더니 복숭아뼈가 풀리고 무릎이 풀리고 배꼽이 풀리더니 까르르
웃음소리도 풀려 버렸어

고양이는
동그란 실뭉치를
돌돌 굴리며 다시 나를 뜨기 시작했어

학원 갔다 오니까
고양이가 소파에 누워 잠든 아빠도 풀고 있었어

근데 드르렁드르렁 소리는 잘 안 풀리는가 봐
몸을 쭉 뻗더니 그만 잠들어 버렸어

나는 고양이 꼬리를 살살 풀었어 고양이 잠도 술술 풀려 나왔지
실뭉치에 돌돌 뭉친

늦은 밤 퇴근하는 엄마 무릎은 잘 풀리지 않아
나도 그만 엎드려 잠들고 말았어

—임수현, 「고양이 뜨개질」 전문

(『외톨이 왕』)

임수현의 작품을 통해 말과 몽상의 관계를 이야기하자면 꽤나 흥미롭다. 그러니까 고양이는 말이고 실뭉치는 몽상이다. 시인의 몽상은 작은 고양이를 통해 단단하게 뭉친 나(현실)를 푸는 발상부터 재미있고 아름답다. 새끼발가락부터 살살 잡아당기더니 "복숭아뼈가 풀리고 무릎이 풀리고 배꼽이 풀리더니 까르르/웃음소리도 풀"리는 장면은 굳이 아이들의 일상을 겹쳐놓지 않더라도 우리에게 주는 감흥이 충분하다. 물론 시인은 공부에 쫓기는 아이들의 현실과 일에 쫓기는 어른들의 일상을 놓치지 않는다. 고양이를 통한 시인의 몽상은 '풀다'라는 동사를 통해 현실에 매듭지어지고 꼬인 한 아이와 그 가족의 일상을 구체적인 은유로 보여준다. 감각적이지만 현실 깊이 발을 딛고 있는 것이다. 그래서 낯설지 않으며, 시인이 그려낸 찰나의 어떤 이미지와 소리에 그저 공감하게 된다. 고양이는 소파에 누워 잠든 아빠의 코고는 소리를 풀지 못하고 나는 늦은 밤 퇴근하는 엄마의 무릎을 풀지 못하지만 시인은 우리의 실제적 현실에 대해 아무것도 말하지 않는다. 다만 재미있게 상상된 아이의 삶을 통해서 우리 안에 새로운 빛으로 만든 실뭉치를 갖다 놓는다. 「고양이 뜨개질」이란 다분히 몽환적인 제목을 통해, 시인은 우리 앞에 놓인 현실이

아무리 각박하고 힘들더라도 어린아이의 모든 몽상이 다시 시작될 만하다고 우리를 설득시킨다. 시인의 몽상과 그 몽상의 동력으로 부리는 말과 어떤 이미지 속의 이 어린 시절은 우리의 어린 시절의 추억보다 훨씬 아름다울 수 있으며 보다 더 멀리멀리 나아갈 수 있다. 시인의 몽상은 어떤 모험담의 줄거리를 따라가고자 하는 동화 작가의 그것과는 다르다. 그냥 불쑥, 사로잡은 사유의 덩어리들을 구름처럼 이동시킨다. 몽상이 꿈과 변별력을 가지는 지점 중의 하나다.

교문 앞으로
알록달록 등딱지 얹은
새끼 거북이들이 몰려나올 시간이야

오늘은 놀이터까지 몇 마리나 갈 수 있을까?

벌써
한 마리는 태권도 사범님 큰 손에 잡히고
피아노 학원 차에 다섯 마리 갇히고
영어 학원 차에는 일곱 마리나 갇혔어

겨우
몇 마리 남았는데
천천히 걸어가는 한 녀석에게
길 건너 엄마가
다른 등딱지 들고 서서 손을 흔들길래

내가 얼른

빨간불로 바꿔 줬지

—방주현, 「교문 거북이 살아남기」 전문

(『내가 왔다』, 문학동네, 2020)

학교 수업을 마쳤다. 그런데 또 학원으로 가야 하는 아이들의 내면을 그림으로 그린다면 어떤 풍경일까. 이성적으로 보면 삶의 안정을 꿈꾸는 어른들의 이상에 따라 아이들이 자기 삶과 미래를 준비하도록 조치되는 것이다. 아이들은 자기 의사와는 상관없이 학교에서는 물론 가정이란 울타리와 가족의 역사 속에서 교육받는다. 따라서 아이들은 사회적·가족적 억압에 따른 심리적 갈등의 영역으로 들어선다. 방주현의 「교문 거북이 살아남기」는 심리적 갈등의 영역으로 들어서는 아이들이 새끼 거북이들처럼 바글거리는 지점에 선 시인의 질문이다. 그는 당연히 성숙한 어른의 이성을 가진 인간, 즉 억압된 어린 시절의 상태가 아니다. "길 건너"에서 "다른 등딱지 들고 서서 손을 흔"드는 엄마에 대항하는 몽상가에 가깝다. 제목을 읽는 순간 시인의 말과 서사가 예상되는 작품이지만 서사를 장악하는 시인의 언술이 만만찮은 것은 아이들의 고독이 어른들의 그것보다 은밀하다는 것을 알기 때문인지 모른다. 그런데 "다른 등딱지 들고 서서 손을 흔"드는 엄마에게 붙잡히지 않는 게 살아남는 걸까. 엉뚱한 질문을 곁들이면 입가에 슬며시 웃음이 지나가기도 하는 이 작품의 압권은 서사에 직접 개입하고 싶은 시인의 의지가 담긴 마지막 연에 있다. "내가 얼른/빨간불로 바꿔 줬지". 우리는 흔히 인생의 뒷날에 가서야 어린 시절의 고독, 청춘의 고독을 보다 근원적인 깊이에서 발견한다.

말과 말 사이, 말도 안 되는 현실과 꿈 사이, 그러니까 지극히 자연스러운 몽상을 가지고 수용하는 데 얼마나 많은 인내와 노력을 감수해야 하는 걸까. 우리가 현실에서 교양 있게 이른바 학문적으로 사용하는 말들은 매우 자주, 우리의 일상과 우리의 뇌 속에 참으로 선명하게 정의되고 있다. 따라서 분명한 사유의 도구가 되었지만 다른 한편으로는 몽상의 힘을 상실했는지 모른다.

4
인생의 모든 나이마다 쿵,
그리고 안녕!

동시를 읽어야 하는 이유는 여기서도 발생한다. 어린 시절을 그리워할 때 우리는 몽상의 거처로, 우리에게 세계를 열어주었던 그 몽상으로 되돌아가야 한다. 동시를 쓰는 시인이 부리는 말은 어린아이의 몽상 속에서 나오며 그 이미지는 모든 것에 우선한다. 이를테면 경험은 그다음에야 오는데, 이 경험이 앞설 경우 이른바 상투적인 아이들의 생활상이나 교훈적 언술에 의존할 수밖에 없다. 결국 어린 시절을 향한 몽상이 시인들의 근본적 이미지들의 아름다움 속으로 우리를 데리고 간다.

어린 시절로 되돌아간 시인들이 몽상으로 부리는 시적 이미지들은 단순한 기억이나 추억이 아니다. 그것은 어쩌면 고독에 가까운 것인지 모른다. 인간의 근원적인 고독 혹은 우주적 고독이라고 할 수 있는 그 속에서 우리가 흔히 말하는 상상력과 기억은 씨줄과 날줄처럼 그리고 가장 미학적으로 엮인다. 그러니까 동시를 읽는다는 것은 현실적인 것과 상상적인 것을 결합하고 현실의 이미지들을 완전한 상상 속에서 체험하는 것이다. 릴케는 기억들이 진정한 의미의 기억이 되는 것은, 그것이 머리라는 공간에서 빠져나와 기억을 변모시키는 이미지들로부터 멀어질 때뿐이라고 썼다. 이는 서로 거리를 유지하려 애쓰는 말과 말들의 양상과도 같다. 기억은 그것을 묻어버리고 잊으려는 노력에서 시작되는 것이다. 그렇게 기억은 역을 떠났지만 다시 돌아오는 기차처럼 우리에게 되돌아올 힘을 얻는다. 시인들이 부리는 말의 몽상이 그런 건지 모른다. 어린 시절은 일생 동안 지속되기 때문이다. 가스통 바슐라르는 어린 시절이 성인의 삶을 이루는 폭넓은 영역들에 활기를 넣으러 되돌아온다고 말한다. 그의 말에 따르면 우선 어린 시절은 밤의 거처를 결코 떠나지 않는다. 나아가 우리 안의 어린아이는 때때로 잠 속으로 철야하러 온다고까지 말한다. 상상만으로도 흥미롭지 않은가. 그렇다. 그는 이처럼 살아 있는 어린 시절, 항구적이고 지속적인 부동의 그 어린 시절을 우리 안에서 되찾도록 도와주는 사람을 시인이라고 적었다.

"나는 네가 아무것도 말하지 않았을 때 너에게 조용히 하라고 말했다"(가스통 바슐라르, 『몽상의 시학』)라는 문장과 함께 작은 간이역에 앉아 있다. 아니, 간이역처럼 앉아 있다. 기적 소리와 함께 기차가 들어온다. 저 기차가 간이역이 된 나의 유년 시절은 아닐까. 기차가 떠난 간이역은 세상의 종말. 기차가 들어온 역은 세상의 전부. 기적 소리를 울리며 떠났지만 다시 돌아오고 또다시…… 마침표가 없는 간이역. 인생이란 게, 사랑이란 게 그런 것 아닐까. 인간에게 '몽상' 혹은 '상상'이란 단어가 주는 힘을 생각해본 적이 있다. 입에 올리는 순간, 과거로 그리고 미래로 떠날 수 있고 다시 돌아올 수 있는 힘. 가스통 바슐라르의 말처럼 인간은 몽상하고 상상해야 할 존재다. 우리가 타인을 상상하지 못한다면 그에 대해 무엇을 알 수 있겠는가? 동시를 읽고 쓰는 우리 모두의 유년 시절은 시의 씨앗이 잠든 보물창고다. 그렇게 우리는 인생의 모든 나이에서 우리를 다시 만나는 것이다.

인어공주 한정판

—안진영, 『난 바위 낼게 넌 기운 내』(문학동네, 2019)

자꾸 바위를 낼 건가요?

저는 비누를 낼 거예요.

안진영 선생님께.

먼저 눈을 감습니다. 나를 떠났던 내 목소리가 다시 돌아와 내게 닿습니다. 물끄러미 빗속에 서 있는 빗줄기처럼, 빗방울 같은 눈동자를 가진 아이처럼 우산도 없이 어른이 된 과거를 그리고 슬픔을 하나씩 일으켜 세워 들려줍니다. 정말이랍니다. 선생님, 여긴 비가 와요. 정말 비가 오나, 안 오나 궁금하다면 먼저 가위바위보부터 해야겠죠. 선생님은 분명 가위나 바위를 낼 테고 난 뭘 낼까? 선생님은 힘이나 기운을 내라고 하겠죠. 하지만 전 생각을 좀 해볼래요. 기운보다 멋진, 그러니까 뭐, 마술 우산 같은 게 있을지 모르잖아요. 그러고 보니 가위바위보는 국어나 수학이 아니라 과학이라고 실없는 생각을 하면서 막 편지를 쓰기 시작했는데 빗줄기가 굵어졌어요. 이런 날에 인어공주는 뭘 할까, 하고 생각하는 저녁이에요.

난 가위 낼게
넌 힘을 내

난 바위 낼게
넌 기운 내

—「어떤 가위바위보」 전문

뵌 지 좀 오래인 것 같죠? 하긴 나도 나를 만난 지 좀 오래된 것 같아요. 특별한 일이 있는 건 아닌데 지난 연말부터 나는 나를 떠나 있었거든요. 거짓말이 아니랍니다. “난 바위 낼게/넌 기운 내”라는 선생님의 목소리에 대해 생각했습니다. 마음이 많이 아팠습니다. 내 목소리를 나를 위해 사용한 적이 한 번도 없기 때문인지 모르겠습니다. 내가 귀를 기울여야 할 목소리는 바로 내 목소리라고 선생님 동시집에 담긴 여백을 슬쩍 훔쳐 빗물 들이친 마음을 다독거려봅니다. 뜬금없이 들리겠지만, 이런 등식은 어떨는지요. 신비+슬픔=사랑. 문득 거울과 슬픔이 닮았다는 생각이 찾아왔기 때문입니다. 구체적인 사물이 추상적인 심상을 동반할 때 텅 빈 제 머릿속도 조금은 신비로워지는 것 같아요. 비 오는 날 내다보는 창밖이 거울 같은 건 이런 기분 때문이겠죠. 어떤 거울은 앞을 보는 게 아니라 뒤를 찾아내는 마술이라고 생각했던 적이 있습니다. 슬픔은 언제나 보이는 것보다 더 멀리 있기 때문이겠죠. 자칫 편지가 아니라 일기가 되어버리는 건 아닌지, 하는 걱정이 앞섭니다. 어쩌겠습니까. 선생님의 동시집 탓이기도 합니다. 나는 가끔씩 내 몸을 나간 내 목소리가 궁금해집니다. 내 안에서 울지 못한 슬픔이 궁금해집니다.

외할머니랑 잘 때
어느 날 들었던 이야기는
인어공주 이야기

옛날 한 바닷가에서
살랑살랑 헤엄치던 다리로
사뿐사뿐 걸어 집으로 들어가는
처녀 적 외할머니를 보고,
여자 사람이 되는 꿈을
꾸기 시작한
인어공주가 있었다지

바다 마녀에게 목소리를 선물해 주고
기어이 할머니 배 속으로 들어오는 길을
알아낸 인어공주

꿈꾸던 대로 여자 사람으로 태어나
할머니랑 달콩달콩 살게 되었다지

아름다운 처녀로 자라는 사이
같은 마을 총각을 사랑하게 되었지만
목소리가 없어 마음에 꾹꾹

그 사랑을 숨기고만 있었는데
어느 날 그 총각이 결혼을 하자 했네

결혼하고 난 뒤 어느 날 꿈에
바다 마녀가 나타나 말했다지

바다에 사는 마녀한테
목소리는 필요 없더라고,
그래 다시 돌려줄 테니
열 달만 기다리라고

33년 동안 호리병 속에 꼭꼭
가둬 둔 목소리, 씻고 다듬어
태초의 소리로 만드는 데
적어도 열 달은 걸린다 했지

드디어 열 달 뒤

바다 마녀가 인어공주에게
목소리를 돌려주기로 한 그
역사적인 순간에

응애, 하고

내가

태어난 거래

인어공주의 목소리를 가지고

—「인어공주 엄마」 전문

부러웠습니다. 선생님만이 인어공주의 목소리를 가질 수 있다는 생각 때문이었습니다. 사실 「인어공주 엄마」는 『동시마중』 작품상 심사에서 만난 적이 있는 작품입니다. "바다 마녀에게 목소리를 선물해"준 엄마를 둔 아이가 인어공주 이야기를 통해 구현해낸 '구원의 서사'가 강렬해, 마치 한 편의 동화를 읽는 느낌을 받았죠. 그때 저는 많은 독자 또한 공감하리라 생각했었는데, 이후 아낌없는 사랑을 받았으니까 굳이 작품을 부연할 필요는 없겠죠? 다만 보다 시적으로, 그러나 건조하고 간략하게 제가 정리한 메모에는 이렇게 적혀 있습니다. '인어공주는 엄마다. 나는 인어공주의 목소리다. 인어공주가 엄마와 나란히 놓일 때 나는 1인칭이 아니라 2인칭이다.' 결국 "바다 마녀가 인어공주에게/목소리를 돌려주기로 한 그/역사적인 순간에/응애, 하고" 태어난 선생님과 누군가에게 가닿거나 와닿는 어떤 목소리를 담은 사뮈엘 베케트의 문장은 옳았습니다. 베케트는 2인칭이 목소리의 몫이라고 말했지요. 3인칭은 다른 자의 것. 만일 목소리가 누구에게 말하는지, 누구에 대해 말하는지 그가 말할 수 있다면 1인칭이 있을 것이라고 했습니다. 하지만 베케트는 단호하게 말했습니다. 그는 그럴 수가 없다. 그는 그렇게 하지 않을 것이다. 너는 그럴 수 없다. 너는 그렇게 하지 않을 것이다, 라고 말입니다.(사뮈엘 베케트, 『동반자/잘 못 보이고 잘 못 말해진/최악을 향하여/떨림』, 임수현 옮김, 워크룸프레스, 2018) 그렇습니다. 저는 선생님 이번 동시집 덕분에 제 목소리를 "바람 선생님이 지나다닐 틈"(「글자새 학교」)이라고도 변주하고, 내가 가진 슬픔이 과연 누구의 몫인지도 궁금해할 수 있었습니다. 그리고 다시 아프고 다시 슬펐죠.

엄마, 나 먼저 갈게.
가서, 엄마 좋아하는
된장찌개 끓이고 있을게
이 세상 백 년이
저 세상 하루라니까
보글보글 찌개 끓이고 있으면
엄마도 곧 도착하겠지?
엄마 도착하면 우리
역할 놀이 끝나니까
다음 꿈을 꾸고 있어도
좋을 것 같아
엄마의 엄마나 아빠가 되는 꿈

—「잠시 안녕」 부분

선생님의 「잠시 안녕」은 많이 슬프지만 선생님의 삶만큼이나 참 아름답다는 생각을 했던 작품이에요. 최근 낸 『사랑이 으르렁』(창비교육, 2019)이란 청소년 시집에 「박정임 한정판」이란 시가 있어요. 그 작품 밑에 이런 주석을 달았죠. "시(詩)가 병문안을 왔다. 요양병원에 계신 어머니 몰래 와서는 어머니 옆에 나란히 누워 주무신다"라고 말이죠. 그런데 선생님의 「잠시 안녕」을 읽고 난 이런 자책도 했어요. 엄마라는 텍스트 앞에 나는 얼마나 위선적일까요? 어쩌면 시를 쓰는 우리는 모두 윤의섭 시인의 시 한 구절처럼 "꾸는 사람 없이 돌아다니는 꿈이었"(「비몽」, 『내가 다가가도 너는 켜지지 않았다』, 현대시학사, 2021)는지도 모르겠어요. 하지만 선생님, 우리 기운을 내요. 믿음을 가져요. 행여 믿음이 없다면 그런 기분이라도 가져요. 선생님과 함께 읽고 싶은 이런 시처럼 말이에요.

믿음을 가지면 리듬을 가질 수 있다
조그만 세계에 후두두 떨어져 내리는
빗방울을 조율할 수 있다
크고 나쁜 소식이
작고 좋은 소식과
섞일 수 있도록

달린다
잽싸게 혹은 느리게
정곡을 찌르는 속력으로

바다에 가까이 산다는 것은
바다에 가까이 산다는 기분과 사는 것
이따금 바다로 향하는 버스가
앞을 스쳐

지나간다

일정한 속력으로

없는 것에 대한 믿음을 가지는 것과

있는 것에 대한 기분을 가지는 것에 대해

생각하는 오후가 있다

—정혜정, 「믿음과 기분」 부분

(진주가을문예 당선작, 2019)

여기는 비가 와요. 내일은 좀 멀리 있는 어머니에게 가서 가위바위보를 할까봐요. 난 "바위 낼게" 엄만 "기운 내" 진영 선생님의 목소리를 빌려야겠죠. "남쪽 하늘 따뜻한 우리 집으로/먼저, 가 있을게./엄마, 안녕/잠시 안녕."(「잠시 안녕」) 다시 한번 가위바위보! 선생님은 또 바위를 낼 건가요? 저는 비누를 낼 거예요. 이상교 선생님께 쓴 편지처럼 멀리, 아주 멀리까지 왔다고 생각했는데 이미 살았던 곳이라면 한 번 더 손아귀를 빠져나가는, 미끄러져보는 영혼도 꽤 괜찮을 것 같아요. 선생님의 인어공주 엄마와 요양병원에 누워만 계시는 나의 엄마를 비롯한 세상의 모든 엄마는 한정판이니까요.

3부

모두에게 말을 건네는, 결코 완성될 수 없는 세계

그리고 마침내 나는, 나를 사랑한다고 말할 수 있게 된다. 아홉 살쯤 되는 내가, 지금의 나를 죽인 다음 다시 태어나게 할 수도 있다는 걸 느끼기 시작했다. 과연 나는 끝까지 도망가지 않는 아이로 남을 수 있을까.

숭어
—동심 사용법의 몇 가지 오류

1
'붕어빵'의 관점

"애들이 보는 그림책이냐고? ……아홉 살 이상의 모든 인간을 위한 책이다!"

숀 탠의 그림책 『먼 곳에서 온 이야기들』(이지원 옮김, 사계절, 2009)을 감싸고 있는 띠지의 한 문장이다. 어떤가? 동시를 쓰는 어른 작가의 입장에서 생각하면 참 멋진 문장임에 틀림없다. 그러나 나는 지금 숀 탠의 그림책을 볼 수 있는 서점이 아니라 빵가게에 있다. 멋진 제빵사나 파티시에를 꿈꾸는 아홉 살 소년의 모습으로……

제빵사는 모든 빵에 관해 논의할 수 있고, 그럴 자격이 얼마든지 있다. 과자를 만드는 파티시에 또한 마찬가지다. 그들에게 중요한 것은 자신의 빵과 과자가 얼마나 맛있게 만들어지는가에 있으며, 그것은 그 무엇보다 중요한 문제다. 때문에 그들은 '만약에'나 '왜'와 같은 질문을 거의 고려하지 않는다. 그들이 만든 빵을 사 먹는 우리의 입장은 어떨까. 제아무리 유명하고 훌륭한 제빵사의 손에 의해 맛있게 만들어졌다고 한들 모두가 좋아하는 것은 아니며, 그럴 수도 없다. 제각기 입맛이 다르고 취향이 다르기 때문이다. 아홉 살 소년이 된 나라고 다를 바 있겠는가. 엄마는 건강에 좋다는 곡물빵을 권하지만 나는 버터와 설탕이 듬뿍 들어간 빵을 더 좋아한다. 파운드케이크, 마들렌, 피낭시에 같은 빵. 어른들은 아직 아무것도 모르는 애라서 그렇다고 말할 것이다. 그러나 그야말로 '식은 붕어빵' 같은 소리다. 숀 탠의 그림책 띠지에 있는 문장을 빌리자면, "애들이 먹는 빵이냐고? ……아홉 살 이상의 모든 인간을 위한 빵이다!"

그러니까 빵이나 과자에 관한 논의는 제빵사나 파티시에뿐만 아니라 그들이 만든 빵을 사 먹는 손님인 우리 모두가 할 수 있다. 하지만 우리는 '우리 자신의 입장'을 대단히 중요한 것으로 간주하지 말아야 한다. 몸에 좋은 빵과 몸에 나쁜 빵, 나아가 훌륭한 독서와 나쁜 독서에 관한 경험은 중요하다. 그러나 그것을 '문학적으로' 훌륭한 것의 본성과 위상을 입증하거나 혹은 주장하기 위한 도구로 삼는 것은 문제가 있을 수 있다는 얘기다. 충분히 논의되지 않은 이론을 뒷받침하기 위해 경험, 나아가 신념까지 속이고 싶은 유혹에 넘어갈 수도 있다. 특히 우리의 관찰이나 발견이 문학적인 것이 되면 될수록 더더욱 지극히 주관적인 관점의 가치 이론에 의해 함몰될 여지가 많다. 어떤 사물이나 사람을 문학적으로 경험하는 것은 의심할 나위 없이 새롭고 강렬한 쾌감을 준다. 그런 쾌감을 맛보았던 사람들은 그것을 다시 경험하고 싶어한다. 우리는 다양한 상상을 즐기고 상상된 느낌을 즐기며, 시인이나 작가에 의해 사유된 사상, 나아가 스스로 눈치채지 못했던 감정까지 즐긴다. 우리가 읽고 쓰는 동시라고 다르겠는가?

읽으면 마음이 자꾸 '가난해지는' 글들이 있다. 어른 시도 마찬가지지만 특히 한 편의 동시를 텍스트로 놓고 쓴 글들이 그런 경우가 많다. 문학을 읽거나 쓰는 대부분은 다른 눈으로 보고 싶어하고, 다른 상상력으로 상상하고 싶어하고, 다른 가슴으로 느끼고 싶어한다. 좋은 작품을 읽고 난 뒤에 우리가 느끼는 것 중 하나는 내가 나를 벗어났다는 느낌이다. 그것은 내가 다른 사람의 관점 속으로 미끄러져 들어갔을 때 생기는 무형의 감정이다. 이때의 감정 혹은 기분은 특별히 정서적이거나 지적인 행위가 아니라 할지라도 경이로운 무엇을 가지고 있다. 이를테면 사랑 속에서 스스로를 벗어나 다른 사람 속으로 들어가는 것과 같은 맥락일 것이다. 그런 것이 사랑이고 문학이다. 따라서 자기만의 이론이나 관점에 도취되어 작가가 무엇을 만들어내려 하는지에 대해서는 관심조차 없는 것은 아닌지 고민해볼 필요가 있다. 비평은 앞에 놓인 텍스트를 머리로 '이용'하는 것이 아니라 온몸으로 '수용'하는 것이다. 이를테면 '아는 것'의 문제가 아니라 '인식하는 것'의 문제이다. 그래서 어렵다.

오래된 것이 낡은 것으로 느껴진다면 새로운 것을 꿈꿀 때이다. 새로워지자는 것은 언제나 안주하지 않으려는 자, 변화를 꿈꾸는 자들의 낡은 구호이다. 왜 우리는 지금 새삼스레 이 낡은 구호를 꺼내들고자 하는가. 근래 2, 3년 동안 동시단은 모처럼 활력 넘치는 모습을 보여주고 있다. 동시의 낡은 관습을 벗어던지자는 목소리가 높아지고 있고, 새로움을 지향하는 방안들도 속속 제출되고 있다. 반갑고 기대되는 일이다.

2011년의 이야기다. 『창비어린이』가 창간 8주년을 맞아 「아동문학, 상투성의 문턱을 넘자」란 주제로 세미나를 열고 꾸린 특집의 '기획의 말'이다. 케케묵은 이야기인데, 왜?라는 질문이 가능하지 않겠는가. 최근 우리 동시단은 그 어느 때보다 활력 넘치는 모습을 보여주고 있다. 창작자들 사이에 동시의 낡은 관습을 벗어던지자는 목소리가 더욱 높아지고 있고, 새롭게 얼굴을 내민 신인들로부터 보다 더 나은 새로움을 지향하는 방안들도 속속 제출되고 있다. 그러나 이를 뒷받침해줄 평단의 현실은 어떨까? '숭어'란 제목을 앞세운 이 글의 출발점은 바로 여기다. 부족하지만 창작의 문제보다 비평의 문제를 심각하게 고민해야 할 때가 왔다는 말을 해보고 싶은 것이다. 해서, 먼저 이렇게 묻는다. '동시의 주인은 아이일까?' 2011년 『창비어린이』 세미나에 나는 토론자로 참석했고, 그 자리에서 동시의 주인은 아이들이 아니라 어른이라는 주장을 내세운 적이 있고, 이 주장은 아직도 변함이 없다. 동시의 주인은 아이들이 아니다. '어린이들의 심리를 바탕으로 어른들이 어린이를 위해 쓴 시'라는 백과사전의 정의대로, 동시의 주인은 어른 작가가 되어야 한다. 예컨대 지난해 창간돼 우리 동시단에 활력을 불어넣고 있는 웹진 《동시빵가게》의 주인 혹은 제빵사가 '동시'란 빵을 만든 어른 작가들인 것처럼. 당연히 《동시빵가게》의 빵을 고르고 사 먹는 아이들은 손님이고, 손님은 '왕'이다. 동시란 빵을 만드는 빵가게의 또다른 손님이라면 이른바 평론가다. 그 어떤 사람들의 그 어떤 기준을 떠나 평론가의 눈과 그 자리는 매우 귀하고 중하다. 제빵사가 제대로 만든 빵의 진가를 아는 자이며, 아직 빵 맛을 모르는 모든 사람들에게 빵을 권할 수 있는 사람이기 때문이다. 물론 평론가의 능력이나 자질에 따라 상황이 달라질 수도 있다. 그렇다면 지금 우리 동시단의 현실은 어떨까? 솔직히 새로운 것의 창조가 불가능할 정도로 이미 만들어진 텍스트의 세계 안에 갇혀 있는 비평의 문제는 심각하다. 몇몇 평론가가 어쩌다 발표하는 글을 제외하면 동시 관련 텍스트는 찾아서 읽을 수조차 없는 게 현실이다. 그나마 재미도 없다. 그 이유가 뭘까? 동시의 주인이 아이들이라는 틀에 박힌 관점 때문은 아닐까?

2
동심 사용법의 오류

시(동시)는 세상의 모든 것 그리고 우리 삶의 모든 것, 즉 추한 것, 아름다운 것, 나아가 무섭고 혐오스러운 것에도 존재할 수 있다. 그렇다면 동심도 마찬가지다. 동시가 동심을 바탕으로 한 시라고 할 때, 이때 동심은 어느 평론가의 말처럼 '천심'일까? 동시는 '천심'을 시로 표현한 것일까? 틀리지 않은 말이다. 그렇다고 맞지도 않은 말이다. 동심이 인간을 알고자 하는 철학자에게 역사만큼이나 필수불가결한 것임은 분명하다. 해서 동심이 천심이라는 말 앞에서 우리는 이런 의심을 품을 수도 있다. 동시가 문학이란 걸, 시라는 걸 잊어버린 건 아닐까? 우리는 이쯤에서 이른바 동심이나 천심을 말하기 전에 인간으로서 우리가 가진 감정과 그것들의 원천에 대한 이론에 고심할 필요가 있다. 에드먼드 버크는 『숭고와 아름다움의 이념의 기원에 대한 철학적 탐구』(김동훈 옮김, 마티, 2006)에서 아름다움과 숭고함이 대상의 속성이 아니라, 대상을 경험하는 사람의 심리적 상태에서 비롯된다고 주장했다. 이를 근대 미학의 시작으로 보는 관점도 있다. 암튼 그는 자연의 여러 가지 특징을 누구나 읽어낼 수는 있다고 전제하지만, 대충 해도 읽어낼 수 있는 건 아니라고 주장한다. 조심스럽게 그리고 최선을 다해 심지어 소심할 정도로 감각의 더듬이를 낮춰 대상에 접근해야만 읽어낼 수 있다는 것이다. 동시는 이른바 동심에 다가가려는 노력, 이해하려는 노력, 사랑하려는 노력, 이 노력들로부터 온다. 이런 노력들은 하늘에서 오는 것처럼 편안하게 오지 않는다. 꽃이 올 때 겨울의 모진 칼바람 속에서 생살들의 시간을 견뎌야 하는 것과 마찬가지다. 동시가 요구하는 가장 근본적인 지식은 분명 인간의 마음에 대한 체험을 근간으로 한다. 동시라는 장르에서 절실히 요구하는 이 지식은 쉽게 체득되는 것이 아니다. 해서 천심이라고 말할 수도 있다. 그렇다고 천심이 되는 것은 아니다. 동심주의자의 동심은 자칫 언어 능력 바깥에 있는 완벽한 순수를 요구하기 십상이다. 이지의 「동심설」이 여전히 유효한 것은 이 때문이다. 동심이란 무릇 사람이 처음 지니게 되는 최초의 마음이어서 결코 잃어버릴 수 없는 것인데도 어찌해서 잃어버리고 마는 것일까? 듣고 보는 것이 눈과 귀로 들어와 사람의 마음속에서 주인 자리를 차지하게 되면 동심을 잃어버리게 된다는 것이다.

역시 문제는 동심이다. 우리가 동심에 관심을 갖는 것은 동심 그 자체가 아니라 그것의 내용들 때문이다. 모든 문화예술, 특히 문학은 이런 내용들의 가치를 전제로 한다. 동시를 읽고 쓰는 우리가 동심에 매달리는 이유는, 하늘의 마음이든 땅의 마음이든 동심의 생성 조건들과 완전히 무관하게 문학 자체가 가진 미학적 가치에 근거한다. 따라서 동심이란, 천심이 아니라 하늘 밑에서 살아가는 모든 인간들의 '꿈의 해석' 같은 것으로 말할 수 있다. 맨발로 흙을 밟고 물을 걷는 그런 마음 같은 것으로 비유할 수도 있다. 우리가 말하는 꿈이란 걸 심리학에선 삶 또는 현실에서 벗어난 일련의 심리적 형성물의 첫번째 구성요소로 정의한다. 따라서 동심을 핑계로 혹은 어설픈 도덕이나 교훈으로 동시를 치장하는 것은 정말 심각한 문제다. 우리가 동시에서 찾고 싶은 것은 그런 것이 아니다. 아동문학 특히 동시는 이제 좀 불편하고 좀 슬플 때도 되었다. 좀 불편하고 좀 슬픈 현실을 받아들이고 그것을 지켜야 하는 법을 배울 때도 되었다. 더불어서 동시를 쓰는 어른 작가라면 동시의 주인으로서의 권리도 마음껏 행사해야 한다. 모든 아이들이 알고 있는 것만 쓴다면, 그렇게 쓴 동시를 한 달에 몇 권씩 우리에게 안겨준다면, 고생스럽게 펜을 들 필요가 없다. 세상 그 누구도 우리에게 동시를 쓰라고 강요한 적이 없질 않은가.

이미 상투적인 담론이지만 동시에는 두 가지 이야기가 있다. 동심에 관한 것과 예술적 가치 즉 시에 관한 것이다. 따라서 동시를 읽거나 쓰는 행위는 하나의 이야기가 아니라 두 개의 이야기를 읽거나 쓰는 것이다. 그리고 그것은 대개 두 의식의 수평적 일치를 전제로 발화된다. 하나는 독자의 의식이고 다른 하나는 창작자의 의식이다. 동시가 어른 시보다 어려운 까닭은 하나의 텍스트에 이 두 가지의 의식이 공존해야 하기 때문이다.

3
새로운 동시와 2018년 신춘문예 당선작

우리 아동문학을 이끌어온 원종찬 평론가는 월간 『어린이와 문학』(2018년 3월호)에 신춘문예 동시 당선작에 관한 평론을 특별 기고 형식으로 발표했다. 그는 아동문학에 대한 일반인의 관심과 인식을 더욱 높이는 데 비평이 할 수 있는 일을 해보자는 생각으로 썼다고 밝혔다. 또한 황선열 평론가는 2018년 창간된 계간 『동시 먹는 달팽이』(2018년 봄호)를 통해 신춘문예 당선작을 평가했다. 진심을 다해 환대할 일이다. 우리 아동문학, 특히 동시에 대한 비평 부재가 너무나 아쉬운 마당이기 때문이다.

원종찬 평론가는 각 신문사 당선작들을 두루 평하는 이 지면의 제목을 「기로에 선 위기의 신춘문예 아동문학」으로 붙였다. 황선열 평론가가 쓴 글은 「천심(天心)의 발견」이란 제목으로 실렸다. 창작자 입장에서 눈길이 가는 건 당연한 일. 그런데 두 글의 대문 격인 이 제목을 놓고 고개를 갸우뚱할 수밖에 없었다. 하나는 제목의 상투성 때문이고 다른 하나는 제목의 무거움 때문이다. 오해는 금물이다. 나는 우리 아동문학계의 귀한 평론가이자 창작자인 그들의 진심 어린 마음을 비난하기 위해 이 글을 쓰는 것이 아니다. 다만 작품을 보는 관점이 참 많이 달라 놀랐던 사실을 토로하고 싶을 뿐이다. 물론 창작자 입장과 평론가 입장은 충분히 다를 수 있다. 그러나 그런 점을 감안하더라도 의아한 느낌을 지울 수 없었다. 신춘문예 당선작을 평가하는 두 평론가의 글을 읽고 난 뒤의 느낌을 말하자면, 마치 성벽처럼 쌓아올린 주관적 관점이 너무 일방적인 듯했다. 비평의 역할이라고 말할 수도 있다. 그러나 (특히) 동심은 천심이며, 동시는 천심으로 써야 한다는 황선열 평론가의 논리를 이즈음 창작자들이 얼마나 수용할 수 있을까, 하는 의문이 드는 것이다.

가령 동심이 천심이라면, 참신한 발상과 독창적인 비유, 표현이 끼어들여지가 거의 없다. 작품의 대상과 어떤 상황의 본질에 다가서기 위한 노력이라고 에둘러 이해한다고 해도 문제가 있다. 상투적인 아동문학은 유행이 지나가버린 가구를 아이 방에 가져다 놓는 것이나 다를 바 없다. 우선 지난 2011년 『창비어린이』 세미나 당시 발제자였던 김찬곤 시인의 지적을 그대로 옮겨보자. "박목월 이전에도 동시는 '맑고 아름다운 시'였지만 박목월에 와서 이런 관념은 더 굳어진다. 이 동시론에 따라 초등교과서 시 교육이 이루어졌고, 그 흐름이 지금까지 이어져오고 있다. 문제는 동시에 대한 관념을 끊임없이 재생산하고 확고부동하게 굳힌다는 점이다. 문학 장르 중에 유독 동시만은 온 국민이 '아주 잘 아는 장르'가 되었고 아이들에게 자명한 어떤 것이 되었다. 그래서 이 관념에서 조금만 벗어나도 동시가 아니라는 말까지 나오는 지경이 되어버린 것이다."(「동시, 그 상투성의 뿌리」) 이 얼마나 적확한 지적인가. 그러나 황선열 평론가는 오늘 새로운 것도 내일이면 낡은 것이 된다는 사실을 모르는 걸까. 애써 외면하고 싶은 걸까. 그의 글을 읽다보면, 이즈음 아이들을 너무 쉽게 생각하고 무시한다는 느낌마저 드는 것이다. 아이들과 함께 시를 읽어보면 확인된다. 아이들에게 시를 조금만 생각하고 읽도록 하면(누군가가 권하면) 어떤 비유나 꾸밈이 있다고 하더라도 그것을 느낄 새도 없이 서사를 따라간다. 실제 동시를 공부하려는 어른들보다 읽는 눈이 정확하고 주제를 신발처럼 꿰차 놀랄 때도 많다. 시인이 시에 숨겨놓은 느낌이나 분위기에 금방 녹아들며, 특별히 가르쳐주지 않아도 스스로 실감한다. 따라서 굳이 작품에 어떤 설명을 필요로 하는 것은 어린아이들이 아니라 바로 어른, 나아가 어른 작가인 우리라고 말할 수도 있겠다.

4
숭어는 숭어다

풀잎 같은 친구가 있어
망아지같이 뛰놀다 쳐다보면,
풀같이 앉아 책 읽던 시들한 놈

하루는, 표를 한 장 내미는 거야
연극을 한다나!
돌이나 나무겠지 하면서도
그놈이니까 보러 갔어
근데 딴 놈인 거야
눈빛이 다른 거야
팔딱거리는 거야
풀이 아니라,
숭어였어

어떻게 풀밭에서 살았을까?
물속에 냅다
던져줘야 할 것 같았어

—임희진, 「숭어」 전문
(2018년 한국일보 신춘문예 당선작)

이 작품은 일단 「숭어」란 제목으로 아이들의 일상을 끌어들이기가 만만찮음에도 추상이 없다. 첫 행부터 끝 행까지 모든 시행은 상황의 구체성을 드러낸다. 그러면서도 그 구체적 진술은 서술이 아닌 비유와 상징으로 구성되었다. 언술의 힘이다. 시적인 비유를 구사하면서도 상황의 구체성을 살리는 방법, 이것이 시를 제대로 쓰는 방법 아닌가. "마치 일상의 시들함에서 빛나는 시를 찾아냈을 때처럼, 그 발견의 쾌감이 싱그러운 말투에 제대로 실렸다"는 심사위원(송찬호, 이안)들의 말에 충분히 공감할 수 있었던 것도 이 때문이다. "풀잎 같은 친구", 하고 싶은 말도 제대로 못 하고 "풀같이 앉아 책 읽던 시들한 놈"을 달랑 연극표 한 장으로 뚝딱, 숭어로 바꿔놓는 서사와 그 서사를 날렵하게 가로지르며 부리는 언술은 새롭게 등장하는 신예 작가로서 주목받기에 충분하다. 동심에 대한 기존의 통념으로부터 자유로울 때 가장 빛나는 동시가 된다는 사실을 임희진은 이 작품으로 충분히 증명하고 있다.

원종찬 평론가는 조금 다른 견해를 보인다. 그는 일단 "공연한 걱정일는지 몰라도 이번 신춘문예 당선작들을 읽고 나자 이대로라면 신춘문예 아동문학 부문은 얼마 못 가 사람들의 외면 속에서 사망 선고를 받지 않겠는가 하는 위기감이 몰려왔다. 어찌된 일인지 야, 이거 참 좋구나! 하는 작품을 만나보기 어려웠다"며 서두를 연다. 물론 다른 견해를 가질 수 있으며 그 근거도 충분하게 읽힌다. 먼저 당선작들을 '기본기가 의심되는 시상의 부자연스러움'으로 요약하고 있는 그의 평에 전반적으로 동의한다. 그런데 임희진의 「숭어」 역시 이와 같은 카테고리 안에 묶인다는 사실에는 선뜻 동의하기 어렵다. 그는 이 작품을 두고 "뒤로 읽어 갈수록 '숭어'처럼 '팔딱거리는' 기운이 실제로 전해지는 듯해서 모범 답안에서는 비켜나 있다고 여겨진다"고 일단 긍정적으로 평가한다. "근데 딴 놈인 거야/눈빛이 다른 거야/팔딱거리는 거야/풀이 아니라,/숭어였어" 하는 대목을 읽을 때는 어깨가 들썩이고 속이 후련해지기까지 한다고 말한다. "'숭어'를 생명력에 빗대는 건 진부할지라도, 무대 위에 선 친구의 의외성을 발견하는 데 따른 놀라움의 표현으로 '풀밭'에서 튀어 오르는 '숭어'만큼 역동적이고 생생한 이미지가 따로 없을 것이다"라며 "눈빛이 다른 거야" 하는 구절은 외양만이 아니라 내면의 변화까지 능히 감당하고 있다는 것이다. 하지만 그의 평에 따르면 이 작품의 문제점은 이미 첫 연부터 드러나 있다. "모범 답안을 피한다고 기표와 기의의 의미 작용을 함부로 파괴할 때는 대가가 따른다는 사실을 알아야 한다"는 지적이 그것이다. "나는 처음 석 줄을 읽자마자 이건 또 뭐냐? 하고 인상을 구겼다"며 "풀잎 같은 친구"라고 하면, 표현이 너무 진부해서 탈이라고 할 만큼 연상 범위가 정해져 있다고 말한다. "풀같이 앉아"에서도 마찬가지 논리로 지적하고 있다. "이 구절들은 '시들한 놈'에 대한 비유로 쓰였다"며 이렇게 묻는다. "'풀잎같이, 풀같이 시들한 놈'이라니? 설마 '시든 풀'을 떠올리며 이렇게 쓴 걸까?" 그리고 "이런 생뚱맞은 비유가 노리는 비약이나 역발상의 효과는 어디에서도 찾아지지 않는다"며 "시들한 놈"은 망아지같이 뛰노는 시적 화자, 그리고 숭어처럼 팔딱거리는 '딴 놈'이 된 친구 모습과 대비하기 위해 선택된 어휘라고 목청을 높인다. "'얌전한 놈' '조용한 놈'도 아니고 '시들한 놈'이라 해놓고 굳이 청초한 이미지의 '풀잎'과 '풀'로 비유한 것은 뒤에 '풀밭'을 이끌어내기 위한 것"이라는 주장이다. 수긍할 수 있는 대목이 분명히 있다. 그러나 "전체적으로 식물성과 동물성의 대비라고 해도 석연치 않다. 따라서 이 시는 일부 핵심어의 비유적 결합이 자연스럽지 못하다. 하필 첫 부분에서 드러난 억지스러움이라 치명적이라고 할 만하다"라는 결론에는 쉽게 동의할 수 없다. 창작자 입장에서 보는 견해지만 그의 주장처럼 "기표와 기의의 의미 작용을 함부로 파괴" 했다는 지적은 다소 무리가 있다. 임희진은 그저 학교란 한 공간에 있지만 서로 속내(본성)를 알 수 없는 두 명의 아이를 통해 '숭어'를 발견한 다음, 자연스러운 서사를 만들고 그 서사를 따라 경쾌한 어투를 부렸을 뿐이다. 전체 3연으로 구성된 이 작품의 1연은 그야말로 그 어떤 기표도 기의도 없는 도입부다. "풀잎 같은 친구"는 풀잎처럼 힘없이 있는, 그냥 흔하게 볼 수 있는 친구이고 임희진은 이 친구를 "풀같이 앉아 책 읽던" 평소에 눈에 잘 띄지 않는 친구로 한 번 더 강조해 나(화자)와 대비시킬 뿐이다. 임희진은 애당초 자신이 기획한 서사에 공을 들이며, '기표와 기의의 의미 작용' 같은 것엔 관심조차 없었다. 그저 '망아지 같은' 화자 아이의 시선을 따라 아이들의 일상을 드라마틱하게 표현했을 뿐이다. 따라서 '풀잎'과 '풀'이 '청초한' 이미지란 어른들의 상투적인 관점도 개입될 여지가 없었던 셈인데, 여기서 '시들한 놈'은 임희진이 이 작품에서 선택한 최상의 시어다. 즉 '얌전한 놈' '조용한 놈'도 아니고 '시들한 놈'이라 해놓고 굳이 청초한 이미지(언제부터 풀, 하면 청초한 이미지로 굳어졌는지는 잘 모르겠지만)의 '풀잎'과 '풀'로 비유한 것은 3연에 놓인 '풀밭'을 이끌어내기 위한 것이 아니라 지극히 단순한 시적 전략이라고 봐야 한다. "망아지같이 뛰"노는 나(화자)의 입을 통해 시인이 새롭게 발견, 제목으로 올려놓은 '숭어'에 더욱 생동감을 불어넣기 위한 것이기 때문이다.

2018년 신춘문예 당선작에서 문제는 역시 「숭어」다. 황선열 평론가는 일단 과연 이 동시를 읽고 심사자의 말대로 "평소 식물처럼 순하게만 보이던 친구에게서 팔딱거리는 숭어의 동물성을 목격"할 수 있을까? 하고 의문을 표한다. 그리고 "한 아이의 독백으로 이루어지고 있는 이 동시에서

꾸미고 있는 표현이 너무 많아서 숭어의 동물성을 발견하기가 쉽지 않다"며 "직접 비유한 표현들이야 알 수 있겠지만 설명이 없으면 그 숨겨진 뜻이 너무 깊어서 아이들이 그 본질을 읽어내기에 곤란한 부분이 있다"라고 지적하고 있다. 그의 글을 그대로 인용하면 이렇다. "첫번째 부분에서 '풀잎 같은 친구가 있어/망아지같이 뛰놀다 쳐다보면,/풀같이 앉아 책 읽던 시들한 놈'이라고 하는데, 풀잎 같은 친구는 숭어로 비유된 친구이고, 망아지같이 뛰노는 아이는 화자이고, 풀같이 시들한 놈도 숭어로 비유된 친구이다. 이렇게 비유한 것을 알아야 겨우 이 동시를 제대로 이해할 수 있다. 이 동시는 꾸밈이 많아서 자연스럽게 받아들여지지 않는다." 어떤가? 도대체 무슨 말인지, 시보다 해설이 복잡해지질 않았는가? 문제는 그다음이다. "이 동시에서 결정적으로 문제가 되기도 하지만, 이 동시의 내용을 분명하게 해주는 부분은 두번째 연의 두 행 '하루는, 표를 한 장 내미는 거야/연극을 한다나!'이다. 이 시구의 뜻은 '어느 날 문득 풀같이 시들한 친구가 연극표 한 장을 내밀어서 나는 깜짝 놀랐다. 그 친구가 연극을 한다니!'라고 해석할 수 있다. 이 시구의 뜻을 이해하기 위해서 감추어진 비유를 모두 알아야 하니 과연 아이들이 이 동시를 읽어서 감동을 할 수 있을지 모르겠다"라고 주장한다. 고개를 갸웃거릴 수밖에 없다. 창작자 입장이 아니라 아이 입장에서 읽어도 이 작품에서 그의 말처럼 감추어진 비유, 그러니까 고민해야 할 비유는 없기 때문이다. 더욱 놀라운 것은 "다소 억지스러울 수도 있지만 이 동시를 아이가 풀밭에서 망아지처럼 뛰어놀다가 풀밭에 파닥거리고 있는 숭어 한 마리를 발견하고 숭어를 물에 던져주고 싶다고 하는 동심을 표현한 것이라고 해석할 수도 있지 않을까?"라고 의구심을 표하는 대목이다. 이는 임희진이란 신예 작가가 만든 새로운 '숭어'를 어류 도감에서 흔하게 볼 수 있는 상투적인 숭어로 전락시키는 것과 마찬가지다. 도저히 이해할 수 없는 물음과 지적은 계속된다. "작가의 손길이 너무 많이 닿아서 여울 속에 들어 있는 진주 같은 보석을 쉽게 발견할 수 없게 만들고 말았다. 천심은 자연스러움이 조화를 이룬 데서 찾을 수 있다. 동시는 아이들의 순수한 독백이 되어야 하는 것이지, 작가의 독백이 되어서는 안 될 것이다. 자연스러움은 하늘의 균형을 이루는 것이고 하늘의 소리에 어울리는 것이다. 숭어와 풀밭을 자연스럽게 연결해야 하는 것이지 그 이상의 꾸밈으로 나아가지 않아야 좋은 동시가 될 수 있을 것이다"라는 결론에 와서는 창작자라면 누구나 입을 다물 수밖에 없지 않을까? 솔직히 그의 이번 신춘문예 당선작을 분석한 글은 지극히 개인적이고 추상적인 주석으로 가득차 있음을 지적하지 않을 수 없다. 텍스트를 해석하는 것보다 해석된 내용을 해석하는 느낌 때문일까. 이는 평론가로서 작품을 귀하게 여기는 느낌과도 다른 문제다. 마치 혼자 '열쇠'를 가지고 있는 것처럼 텍스트를 자물쇠의 형태로 배열해놓고 지극히 작위적이고 주관적인 잣대를 들이대는 것은 아닌지, 설마 그럴 리야 없겠지만, 그런 의심을 품게 하는 것이다. 비평은 문학에 꼭 필요하다. 이는 문학작품이 그것을 주해하고 밝혀줄 담론을 요구하기 때문이다. 개인적으로 임희진의 「숭어」에서 멋진 구절을 찾으라면 "돌이나 나무겠지 하면서도/ 그놈이니까 보러 갔어"란 2연의 3, 4행이다. 굳이 이유를 밝히자면 흔히들 말하는 '시 정신'과 관련이 있다. 어디서 읽었는지 기억은 나지 않지만 우리의 정신이 지닌 가장 놀라운 면은 마음속에 떠오르는 어떤 감정도 다양한 방법으로—저마다 다르게 또 때로는 아주 모순된 방식으로—이해할 수 있다는 점이라고 한다. 그렇다면 우리는 창작자로서 임희진처럼 마법과도 같은 아이들 감성에 어떤 '형식'을 부여할 줄 알아야 한다. 이런 것이 문학이며 특히 시(동시)가 아니겠는가.

5
아이들도 문학을 즐길 권리가 있다

아이들의 마음속에는 지상에 존재하는 것을 압도하는 무엇인가가 잠들어 있다. 그러니까 아이들 마음속에 잠든 무엇인가를 찾아 깨울 줄 알아야 한다. 문학은 그런 것이어야 한다. 나는 그렇게 믿는다. 문학은 학문이 아니다. 선생이나 부모들이 할 수 있는 일을 굳이 시인이나 작가들이 나설 필요가 있겠는가. 꽤나 오래전 나온 책이지만 페리 노들먼의 『어린이 문학의 즐거움』(김서정 옮김, 시공주니어, 2001)은 어린이문학에 관한 우리의 편견을 깨는 책이다. '낱말의 뜻을 완전히 이해해야만 시의 즐거움을 느낄 수 있는 것이 아니라면, 왜 아이들은 그와 비슷한 즐거움을 누려서는 안 된다는 말인가?' 이 같은 질문을 앞세운 그의 문제의식은 '성인문학과 본질적으로 구분되는 어린이문학이란 장르가 존재하는가'이다. 어린이도 어른과 마찬가지로 즐거움을 위해 문학을 읽는다는 것. 때문에 어린이들도 문학에서 더 많은 의미와 기쁨을 얻기 위해 해석 전략과 문맥 이해를 배울 수 있으며, '배워야 한다'는 것이다. '좋은 아동문학은 독자들이 인생에 경험이 없다는 것을 인정할 뿐이지 이해력을 발전시킬 능력이 없다는 것을 인정하는 것은 아니다.' 아동문학이란 아이들에게 배달되는 어른의 마음이다. 세상이 아무리 변하더라도 중요한 것은 사람의 마음을 읽고 이해하는 능력이라고 보는 것이다. 따라서 상상력이란 것도 대단한 창조력이 아니라 '나와 다른 세상과 사람이 되어보는 힘'이라고 말할 수 있다. 아이들의 세계에는 현실과 공상의 경계가 없다. 그 어떤 시공간에도 얽매이지 않는다. 이쯤에서 우리는 동시를 쓰는 작가로서 자문해봐야 한다. 지금까지 대부분의 우리 동시들이 1960년대 감각적 기교주의 등으로 어른들만 스스로 감동하며 자화자찬하지는 않았는가? 우리는 어른 작가로서, 어른으로서 자신이 하고 싶은 말을 정직하게 하고 있는지, 어른이기 때문에 가능한 지적 기반을 바탕으로 한 시적 미학과 상상력, 삶의 경험을 통한 생의 아이러니를 작품 속에 담아내고 있는지를 진지하게 고민해봐야 한다. 그런 다음 아이들의 인식으로서는 도저히 다가갈 수 없는 삶의 세계를 포착해서 아이들이 세계에 대한 인식을 확대하게 해야 한다. 동시는 아이들이 미처 깨닫지 못한 새로운 사실을 깨우쳐주고 발견하게 해주는 힘을 가지고 있어야 한다. 안이하고 상투적인 발상에다 지극히 아름답고 교훈적인 수사를 답습하는 동시는 이즈음 아이들에게 외면당할 수밖에 없다. 아동문학의 새로운 위상은, 동시는 아동에게 읽히려 쉽게 쓰는 시라는 안이한 통념에서 벗어나 동시 고유의 문학적 특질을 고민할 때 높아진다는 건 상식이다.

지금 우리가 읽고 쓰는 동시의 세계는 놀라울 정도로 다채로워졌고 풍성해졌다. 정지용, 백석 등 뛰어난 시인들이 동시를 함께 썼던 1950년대 이전의 흐름이 2010년대 들어 부활하면서 아동문학계에 활력을 불어넣고 있다. 이 같은 사실은 2018년 창간한 계간 『동시 먹는 달팽이』『동시YO』 등 동시 전문 잡지와 지난해부터 독자들에게 맛있는 빵처럼 동시를 배달하고 있는 웹진 《동시빵가게》의 행보로도 확인할 수 있다. 동시는 우리가 생각하는 것 이상으로 중요한 문학 장르다. 아동문학이란 텍스트 속의 아이들이라고 해서 훈육되는 것이 아니며 훈육해서도 안 된다는 것을 창작자인 어른은 잊지 말아야 한다. 아동문학 평론가들의 새로운 문학적 담론이나 양식은 이전의 문학적 전통이나 질서를 파괴한 자리에서 세워진다. 그러나 아무리 완벽한 미학적 준거들도 시간이 지나면 훈육되고 재생된다는 사실을 간과하지 말아야 한다. 뛰어난 아동문학은 어린아이들을 대상으로 하는 것이지만 모든 사람에게 말을 건네고 사랑을 건네는 것이다.

동시 외전(外典)
:몸밖을 걸어 나온 '동심'의 경우

—2019년 신춘문예 동시 당선작에 부쳐

아이들의 얼굴은 우리가 아직 모르는 시간 밖의 얼굴, 그렇다면 동심이 문학이 되려면 어디로 가야 하는가?

아이들과 함께 시를 쓰거나 읽다보면 배우는 게 많다. 언제 어디로 튈지 모르는 행동에다 온몸을 밀고 나오는 천진난만한 말과 생각이 더해지기 때문일 것이다. 눈을 반짝거리는 아이들의 모습에서 모리스 블랑쇼를 떠올릴 때가 있다. 그의 선집 가운데 가장 관심 있게 읽은 『도래할 책』(심세광 옮김, 그린비출판사, 2011) 때문이다. 그러니까 가끔씩 아이들의 모습이 '도래할 책'으로 보일 때가 있다는 얘기다. 이 책을 읽으며 밑줄을 그은 문장 또한 이와 관련이 있다. "문학이란 결코 이미 거기에 있는 것이 아니라, 언제나 반복되어 발견되고 발명되어야 하는 것"이란 그의 문장을 읽다보면 시를 함께 쓰고 읽는 아이들이 겹쳐 보이는 것이다. 그리고 시는 언제 어디서나 가르치는 게 아니라 배우는 거라고 해야 옳다는 생각을 하게 된다. 말은 말하는 것이 아니라 존재하는 것이듯 아이들 또한 마찬가지다. 아이들 속으로 들어가면 아무것도 시작되지 않고 아무것도 말해지지 않는다. 아이들은 우리가 쓰는 말처럼 언제나 다시금 존재하며 언제나 다시 시작되는 것이다. 이처럼 아이들은 내 안에도, 내 밖에도 그리하여 모든 곳에 있다. 그렇다면 나는 아이들 속에 있고 아이들로 이루어져 있는 것 아닌가. 해서, 동시를 쓰거나 읽는 사람은 어린 시절 잃어버린 비밀번호부터 찾아야 한다. 세상의 모든 시는 어른이든 어린아이든 제각기 스스로에게 던져야 할 '질문'으로 이루어져 있기 때문이다.

아직,
잃어버린 비밀번호를 찾지 못했다

1,8,0,4, 2,0,6,7, 0,5,0,1, ······
아무리 숫자를 바꿔 써 보아도

물속 나라로 들어가는 비밀번호가,

뭐였더라?
뭐였더라?

—이안, 「소금쟁이」 전문
(『오리 돌멩이 오리』)

코에서 콧물이
세상 구경하러 나오고 싶어 한다

나와 봤자 버릴 텐데,

넌 그래도 나올 거니?

—장하윤(서울 언주초 2), 「콧물 1」

(2019년 1월 21일 월요일 시로 쓴 일기)

이안의 「소금쟁이」는 동심이 간직한 아름다움을 언어로 구체화시킬 수 있는 어른 작가로서의 힘을 보여주는 내면의 노래다. 동심은 인간이란 존재가 근원적으로 가진 모든 것을 끊임없이 질문하다, 문득 그 질문마저 잊어버리는 일의 현상학인지 모른다. 인간의 시간을 좀더 느리게 만들기 위해 동심을 사용하는 시인의 노력은 이처럼 아름답다. 아이들의 소꿉놀이만큼이나 진지한 어떤 놀이를, 전혀 예상치 못한 어떤 유희를 만들어낸다. 그래야만 모르는 이야기가, 몰랐던 이야기가 아이처럼 걸어 나온다. 우리는 눈과 귀로 관심을 기울인다. 그것이 하나의 우화이든 허구이든 상관없다. 그것은 온몸을 녹여내듯 말해지는 순간 하나의 진실로서 만들어지기 때문이다. 동심은 우리가 기억하는 그 무엇일까? 아니면 우리가 상상하는 그 무엇일까? 이런 질문 속의 기억과 상상 사이에 동심이 있고, 시의 운명인 말이 있다. 이안 시인의 작품 「소금쟁이」 뒤에 장하윤 어린이의 시로 쓴 일기를 놓은 것은 어른이든 어린아이든 모든 인간이 가진 내면의 세계를 보다 재미있게 느껴보자는 의도다. 어른 작가가 아이를 꿈꾸거나 반대로 아이가 어른을 꿈꾸는 것은 몽상이며, 이때 몽상은 '여행'이란 현실적인 장르로 편입시킬 수 있다고 한다. 어쩌면 그래서 가능할 것이다. "나와 봤자 버릴 텐데,/넌 그래도 나올 거니?" 어른에게 콧물은 너무 하찮은 것이지만 장하윤 어린이의 이런 질문은 몽상이 아니라 '하나의 사건' 혹은 어떤 '신념'에 가깝다. 장하윤 어린이의 「콧물 1」을 읽고 난 다음 콧물을 슬쩍, 눈물로 바꿔 다시 읽어본다. 이미 때가 잔뜩 묻은 시인의 자의식 때문일지도 모른다. 울음이 가득찼을 때 시를 읽으면 그 울음은 몸밖으로 빠져나온다고 썼다. 이렇듯 그것이 동시라는 문학작품이든 그냥 어느 날 밤 쓴 일기이든 좋은 글을 읽고 난 뒤에 우리가 느끼는 것 중 하나는 내가 나를 벗어났다는 느낌이다. 혹은 다른 사람의 관점 속으로 들어갔다는 느낌이다. 이쯤에서 동시로 일기를 쓰는 하윤이 같은 어린이의 눈으로 올 신춘문예 당선작을 한번 살펴보는 것도 재미있을 것 같다.

엄마가 너무 바빠
엄마를 새로 주문했다
그리하여 엄마 2호
엄마 1호는 열심히 회사 다니고
집에 오면 열심히 잠을 잔다
내가 너무 바빠
아들을 새로 주문했다
그리하여 아들 2호
나는 열심히 학원 다니고
집에 오면 열심히 숙제하다 잠에 든다
우리가 이러는 동안
엄마 2호 아들 2호는 집에 남아
같이 밥도 먹고 소소한 대화도 나눈다
가끔은 산책을 가기도 한다
그리하여 우리 몫까지

열심히 가족이 된다

진짜 가족이 된다

—김성진, 「가족 ver.2」 전문

(2019년 한국일보 신춘문예 당선작)

어느 날 들어가게 된 유리병 안

그때부터 난 시간이 되었어

날 보는 사람들은 여러 모습이었지

급하게 어디론가 뛰어가는가 하면

가만히 지켜보기도 했어

어느 날은 한 아기가 다가오더니

아래로 다 흘러내리기도 전에

뒤집어 놓기도 했어

시간이 흐르고….

사람들은 조금씩 변해 있었어

아기는 훌쩍 소년이 되었지

그땐 날 뒤집지는 않았어

대신 나를 오랫동안 바라보더군

그러곤 뭔가 중얼중얼….

자세히 들어보니

10분 동안 자기를 소개하는 거였는데
듣다가 깜짝 놀랐어
내 이야기가 나오는 거야

'아주 어릴 적
저는 모래시계를 가지고 놀았습니다
시간은 되돌려 봐도 쉬지 않고 흘렀습니다
그때부터 저는 붙잡을 수 없는 게 시간이란 걸
알고 열심히 살아왔습니다….'

며칠 후 소년은 환호성을 치며 날뛰었어
말하기 대회 상장을 흔들면서 말이야
나도 그날은 시간이 멈춘 듯
한없이 소년을 바라보았어
시간이 되고 나서
처음 행복을 느낀 날이었지

—김경련, 「모래시계」 전문
(2019년 조선일보 신춘문예 당선작)

개인적으로 2019년 신춘문예 당선작 가운데 가장 눈에 띄는 작품을 고르라면 한국일보의 「가족 ver. 2」이다. 윤제림 시인과 이안 시인의 "옛이야기의 둔갑 화소와 첨단과학 시대의 상상력을 결합하여 오늘의 가족 문제, 인간관계를 생각해 보게 한다"는 심사평과 이어서 "오프라인과 온라인의 경계, 진짜 관계와 가짜 관계의 경계가 모호해진 현실을 살아가는 어린이와 어른 모두에게, 바쁘다는 핑계로 미처 돌보고 살피지 못한 소중한 것을 떠올리고 돌아보게 하는 시의적절한 작품"이라는 심사위원들의 의견에 전적으로 동의한다는 의미다. 물론 흠이 없는 것은 아니다. 굳이 말하자면 "진짜 가족이 된다"는 마지막 구절의 안이함과 느슨함이다. 그러나 이 신예 시인은 아이들의 생활을 다루거나 꿈을 이야기하는 방식에도 새로움이 느껴져야 한다는 사실을 꿰뚫고 있다. 사실 "엄마가 너무 바빠/엄마를 새로 주문했다"로 시작되는 서사는 동화 등에서 낯익은 것이다. 그러나 이 시인은 자칫 상투적인 에피소드로 그칠 우려가 있는 서사를 한 걸음 더 밀고 나아갈 줄 아는 것이다. "내가 너무 바빠/아들을 새로 주문했다"는 간결한 언술로 주제를 보다 깊고 새롭게 이미지화시키는 힘을 내장하고 있다.

조선일보 당선작 김경련의 「모래시계」도 만만찮은 작품으로 읽힌다. 유리병 안의 '시간'이 된 화자의 눈길이 일상적인 풍경 속의 사람들과 나 자신이기도 한 아이의 시선과 연결될 때, 우리는 제각기 가진 이야기 속의 주인공이 되어 잃어버렸거나 잊어버린 시절의 시공간에 감화된다. 이 작품이 가진 힘이다. 그러나 5연 후반부("그때부터 저는 붙잡을 수 없는 게 시간이란 걸/알고 열심히 살아왔습니다…")부터 마지막 연의 상투성과 어른 화자의 교훈적 감정들이 섞여 낭비되는 듯한 구절이 많아 아쉬움이 남는 작품이다. 교훈을 내장한 어른 화자로서의 인식이 시의 의미를 가두고 만 것이다. 애당초 이미지보다 서사로 승부할 시적 발상이었다면, 보다 실험적으로 아이들의 내면을 이끌어내기 위한 몽상이나 상상을 동원했더라면 어땠을까. 조금은 투박하더라도 아이들에게 남아 있는 세계의 어떤 가능성을 열기 위한 시적 모험이 아쉽게 느껴졌다. 추상적인 시간에 관한 성찰의 순간을 구체적인 서사로 이끌어내는 힘과 그에 걸맞은 감각을 보여주었지만, 어느 순간부터 상투적이고 장황하다는 느낌은 이 때문일 것이다. 이 밖에 관심 있게 읽은 작품은 강원일보 당선작인 류병숙의 「걸어가는 신호등」이다. 저학년용의 소품이었지만 나름 재미있고 깨끗하게 읽혀 앞에서 인용한 「콧물 1」의 장하윤 어린이가 좋아할 거란 생각이 들었다.

이즈음 우리 동시단에는, 시는 말이며 이야기일 뿐만 아니라 그 말이나 이야기 뒤에 있는 어떤 것이기도 하다는 사실을 동시라는 장르로 증명하는 시인이 많다. 시는 무엇인가를 '말한다' 하더라도, 혹은 그 자체로 '존재'하는 것일 뿐만 아니라 의미하고자 갈망한다 하더라도 어떤 형식으로든 산문이 말할 수 없었던 것을 말한다. 그러니까 시, 특히 새로운 시를 읽는다는 것은 나를 '버림' 혹은 '사라짐'과 동시에 나를 향하는 것이다. 산문을 읽을 때나 누군가와 대화를 나눌 때 필요한 논리와 인과관계를 포기하는 것을 의미하는데, 그것은 읽는 주체로서의 사라짐이라는 본질을 지향하는 것이다. 시는 산문이 할 수 없는 것을 할 뿐만 아니라 고의적으로 산문이 할 수 있는 어떤 것도 하지 않으려고 한다. 실제로 어떤 작품을 쓰거나 읽는다는 것은 단일한 과정으로 파악되지 않는다. 각자의 체험 속에 감각될 뿐이다. 시가 보여주는 세계는 화자가 의도하는 서사를 따라 행간 사이에 힌트만 남겨놓은 채 뒤로 물러나 있다. 이때 우리가 흔히 사용하는 일상어는 행간에 머뭇거리다 떠날 수밖에 없다. 시가 보여주고자 하는 세계는 새롭게 주어진 언어의 순수한 힘에 의해 추적되기 때문이다. 시적 언어의 힘은 말해지지 않고 드러날 뿐이다. 이를테면 '예측'으로는 도달할 수 없는 '예감' 같은 것이다.

난 내일 죽게 될 거야.
첫째 사위가 온다는군.
주인아주머니의 말을 엿들었어.
네게 부탁 하나만 할게.
제발 새끼들만은 건들지 말아 줘.
대신 내 창자와 간과 콩팥을 줄게.
내일 두엄자리에 가면 있을 거야.
머리와 깃털을 장난감으로 써도 돼.
"야, 약속할게. 거, 걱정 마."
노랗고 새콤한 병아리들을 바라보며
고양이가 말했다.

—송현섭, 「암탉의 유언」 전문
(『착한 마녀의 일기』, 문학동네, 2018)

선생님께 혼나고 투덜투덜 모퉁이를 돌다가
상자 모서리에 무릎을 부딪쳤다

씩 씩
화가 나서 상자 안을 들여다봤다

상자 모서리 안쪽
가장 오목하고
가장 어두운 곳

내 또래 아이만 한

민들레 하나

숨어

울고 있었다

—임수현, 「모서리 아이」 전문

(『외톨이 왕』)

송현섭의 「암탉의 유언」은 짧은 서사임에도 불구하고 현실을 아이들과 어른들 모두가 빨려들 수밖에 없는 세계로 재구성하는 탁월한 능력을 보여준다. 이처럼 말과 세계를 일대일 대응시키려면 먼저 세계를 재구성해야 한다. 그리고 세계를 재구성하려는 자는 세계가 왜 이렇게 모순적이며 불확실한지 물어야 한다. 곧 죽게 될 암탉의 세계를 그리면서 송현섭은 절망적인 상황과 마땅치 않은 현실에 대해 결코 어설픈 위로의 말을 꺼내 보이지 않는다. 「모서리 아이」는 송현섭 시인에 이어 제7회 문학동네동시문학상을 수상한 임수현 시인의 작품으로 2016년 『창비어린이』 동시 부문 신인문학상 당선작 가운데 한 편이다. 「뭉게뭉게 구름 토끼」 등의 작품이 더 좋게 읽히지만, 이 작품을 인용한 이유는 독자들과 함께 동시를 어떻게 읽을 것인지 고민을 해보자는 의미이다. 먼저 이렇게 묻고 싶다. 「모서리 아이」에서 '모서리'는 그냥 상자 모서리일까? 이 동시에서 '모서리를 마음으로, 아이를 모서리가 생긴 마음'으로 시인의 의도를 보다 확장시켜 읽어낸다고 해도 틀렸다고 말할 이유는 없다. 아이들을 주 독자층으로 하는 동시임을 감안하면 시적 포즈가 너무 큰 것 아니냐는 지적을 받을 수 있겠지만, 선생님에게 혼난 아이, 모서리를 가진 아이의 내면을 보다 깊게 되짚을 수 있다면 충분히 가능한 독해가 아닌가. 우리는 어른 작가로서 모든 인간에게 의식이 존재한다는 걸 알고 있다. 하지만 대부분은 자신의 마음만 인식할 뿐이다. 따라서 글이 마음을 고정시킨다는 생각은 착각이다. 빌렘 플루서의 말처럼 글쓰기는 생각의 한 방법이다. 글로 드러나기 이전의 생각은 아무것도 아닌 것에 불과한 건지 모른다. 생각은 몸짓을 통해서 그리고 글쓰기를 통해서 실현된다. 결국 글쓰기는 생각이 텍스트 형식으로 만들어낸 몸짓이다. 빌렘 플루서가 그 무엇보다 중요한 것은 글을 쓰는 행위이고 그 밖의 모든 것은 불가사의하다고 말한 것은 이 때문이다.

시는 현실을 현실 아닌 것으로 만들기 때문에 꿈이나 이상에 가깝다. 물론 현실 아닌 것을 현실로 만드는 것은 더이상 문학의 일이 아니라는 반론도 가능하다. 어쨌거나 아이들은 꿈과 가깝다. 시를 읽고 쓰는 많은 사람은 대체적으로 두 부류로 나눌 수 있다. 먼저 세계를 표현하는 데 보다 쉬운 언어를 구하려는 부류로, 되도록 쉽고 간단하게 한마디만 해도 알 수 있는 세계를 원하는 것이다. 그러나 시적 언어는 일상적 언어와는 다르다. 되도록 쉽고 일상적인 언어로 뭔가를 말하려면 굳이 시라는 장르를 택할 이유가 없질 않은가. 또다른 하나는 일상적 언어로는 세계의 질서에 균열을 낼 수 없다고 주장하는 부류다. 기존의 관념과 질서를 바꾸고 뒤집어볼 수 있는 새로운 관점이나 시선을 내장한 이들이 부리는 언술과 이미지는 앞의 부류보다 난해할 수밖에 없다. 시를 쓰는 사람이든 읽는 사람이든 선택은 자유 아닌가. 시는 우리가 하는 말이며 이야기지만 그 너머 어떤 것, 즉 말해질 수 없는 채로 드러나는 것이 진짜 시일지 모른다. 보르헤스는 시를 쓰는 것이나 이야기를 쓰는 것은 작가의 의지를 넘어서는 과정이라고 말한다. 우리는 우리 자신의 눈과 마찬가지로 다른 눈으로 보고, 다른 상상력으로 상상하고 싶어하고, 다른 가슴으로 느끼고 싶어한다. 그러니까 문학, 특히 시는 언제 어디서나 사람을 놀라게 하는 질문이다.

공기와 다투다

—2020년, 우리 동시 어디까지 왔나

공기가 무슨 상관인가, 중요한 것은 들이마신 공기를 스스로 몸밖으로 던질 수 있느냐 없느냐의 문제일 뿐.

1

문득 지금 내가 마시는 공기가 사각형이라고 쓴다. 어제나 그제는 삼각형이었거나 마름모꼴이었을지도 모른다. 이처럼 말이 되지 않는 것을 말해야 하는 순간들, 나아가 말할 수 없는 것을 말해야 하는 순간들이 있다. 『올해의 동시 2019』(『동시마중』 제58호 동시선집 10)를 읽다가 주절거린 이 문장으로부터 시작하자. 문득 세상의 공기가 변했다는 느낌은 왜일까. 그것은 지금의 내가 변했다는 의미일까. 어쩌면 지금 막 나에게 도착한 내가, 마침내 내가 왔다고 말하는 중인지 모른다. 그러니까 나는 지금 마세도니오 페르난데스의 책 『마세도니오 페르난데스—계속되는 무』(엄지영 옮김, 워크룸프레스, 2014)의 첫 장 「방금 도착한 이의 기록」을 빌려 공기와 다투고 싶은 건지도 모른다. 앞서 나는 그가 소제목으로 달아

놓은 "문학 세계에 방금 도착한 어떤 이의 고백" 앞에 가만히 심장을 내려놓고 싶다는 생각을 한 터였다. 결론부터 말하자면 '공기와 다투다'라고 써놓고, 어른들의 삶과 아이들의 꿈속을 '공기처럼' 떠돌며 존재하는 것이 동시라고 읽고 싶은 것이다. 문학은 시나 소설 같은 텍스트 속에만 존재하는 것이 아니다. 세상의 모든 관습이나 편견을 내려놓고 바라보면, 문학은 우리가 어떤 떨림과 울림을 느끼는 모든 곳에 존재한다.

먼저 이 글을 읽는 당신에게 묻는다. 스스로 아름다워지는 방법이 있을까? 그 어떤 답이든 무용할 것이다. 중요한 것은 스스로 질문을 던진다는 것이다. 지난밤에는 침대에 누워 빈둥거리다 불현듯 현관문 앞 신발장에 붙은 거울을 보고 싶었다. 내가 거울을 소유하고 있었던 것이 아니라 거울이 나를 가지고 살았다는 생각이 들었기 때문이다. 거울 속의 나에게 다시 묻는다. 스스로 아름다워지는 방법이 있을까? 나는 아직 잘 모르겠지만 지금 여기, 이 자리에 함께 숨쉬는 시인들은 이렇게 말할지 모른다. 어린 시절의 나를 통해 지금의 내가 나를 아름답다고 말할 수 있을 때 비로소 아름다움을 가질 수 있는 것이다.

2020년, 우리 동시를 설명할 수 있는 키워드는 뭘까? 새로움 혹은 이질성? 보다 시적으로 '환(幻)과 틈'쯤으로 놓으면 될까. 우리 동시의 존재 방식에 대한 탐구가 그 어느 때보다 뜨거웠던 한 해가 지났다. 특히 동심에 대한 인식이 자각적이고 구체적인 방법론으로 도출되면서 우리 동시의 미학적 자율성의 진폭은 상상할 수 없을 만큼 커졌다. 새로운 문학의 지향점을 강력하게 드러내고자 하는 시인들의 의지 때문일 것이다. 이즈음 우리 동시는 2000년대 이전까지 보여주었던 단정하고 모범적인 글쓰기에서 확연히 벗어나 있다. 흔히들 말하는 문학의 위기는 문학 자체의 위기가 아니라 시대의 변화를 따라가지 못하는 '낡은' 문학의 위기일 뿐이라는 사실을 최근 우리 동시의 위상을 통해 확인할 수 있다. 문득, 아직 미발표작이긴 하지만 내가 어른 시에 써놓은 한 구절이 떠오른다. "형, 구름도 힘이 있겠지요?" 시대에 걸맞은 새로운 문학의 창출이란 게, 뭐 그렇게 거창한 일일까. 인간으로서 우리가 가진 시공간의 주체는 구름이고. 스스로 발자국을 남기려 애쓰는 삶이 아니라 존재의 발자국을 스스로 지우며 지상의 존재들을 말없이 지휘하는 형식이다. 바로 이 지점에서 우리는 우리가 쓰는 언어도 우리가 가진 몸과는 별도로 또다른 영주권을 얻어야 지상에 머물 수 있다는 사실을 발견하게 된다.

내 말이 사라졌다
엄마는 엄마 말을 데려와 건네주었다

나는 엄마 말을 데리고
방으로 돌아와 내 말에 대해 생각했다

내 말은 어디로 갔을까?

내 말 대신
엄마 말을 껴안고 쓰다듬었다
엄마 말은 둥근 눈을 끔벅거렸다

내 말은 어디에 있을까?

나는 내 말의 둥근 눈을 생각했다
둥근 눈에 비친 그림을 생각했다
그림에 그려진 초원을 생각했다
초원을 내달리는 내 말을 생각했다

나는 엄마에게 엄마 말을 데려다주고 인사했다

"다녀올게요!"

—김경진, 「말을 찾아서」 전문
(『별의 별』, 문학동네, 2020)

위의 작품에서 말은 단순히 초원을 달리는 말일까. 어지간한 독자라면 그게 아니라는 걸 금방 눈치챌 것이다. 말 대신 '꿈'을 넣어본다. 말이 된다. 그러나 조금 식상하다. 말(馬) 대신 '말(言)'을 넣어본다. 역시 말이 되지만 식상한 건 마찬가지다. 먼저 시인이 하고 싶은 말을 떠올린 다음 시인이 바라본 대상과 그 의지를 생각하면 사정은 달라진다. 김경진의 「말을 찾아서」는 그가 그려낸 이미지 속에 나란히 놓은 말(馬)과 말(言)이 만들어내는 긴장에 의해 발생한다. 시인으로서 그려내고 싶은 환과 기존의 질서를 넘어서려는 시인의 의지가 구현한 서사의 힘이다. 지금 우리 동시에서 필요한 현대성이란 이처럼 새로운 이미지와 언어 질서를 구현하는 것이다. 5연에서 "내 말은 어디에 있을까?"라는 질문을 던져놓고 이미지화한 6연("나는 내 말의 둥근 눈을 생각했다/둥근 눈에 비친 그림을 생각했다/그림에 그려진 초원을 생각했다/초원을 내달리는 내 말을 생각했다")은 얼핏 평이하게 읽히지만 예사롭지 않다. 김경진의 이 작품은 『올해의 동시 2019』에 함께 수록된 송명원의 「좋은 말」("좋은 꿈 꿨니?/오늘 기분 어때?/밥 많이 먹어//이런 좋은 말 다 두고/진짜 좋은 말만 골라 하는 엄마//좋은 말 할 때 일어나/좋은 말 할 때 씻어/좋은 말 할 때 빨리 밥 먹어//좋은 말 더 듣기 전에 학교나 가야지")과 함께 읽어보면 좋을 것 같다. 단정하면서도 깨끗한 생활 동시와 환과 틈을 찾아 나선 끝에 구현한 작품과의 경계선을 읽어낼 수도 있기 때문이다.

시에서 말은 곧 '숨'이다. 그러니까 말이 시를 실어나르는 것이다. 이때 시인의 생활이나 생각들은 부차적인 것이다. 시에서 말은 '환'과 '틈'을 찾아 나선다. 어른 시든 동시든 시가 가진 힘은 '숨'이 된 말에 내장된 암시적 환기력에 있다. 꾸준하게 주관적인 자기 발언이 가진 매력을 보여주는 김경진의 시적 지향점은 주제나 내용만의 문제에 국한되지 않는다. 아이들의 단순한 생활이나 자연친화적인 서정, 알레고리적 서사 등에 묶여 있지 않다는 얘기다. 이는 최근 각광을 받고 있는 송현섭이나 김준현 시인과는 또다른 측면에서 과감하고 단정적이다. 시인이 시를 통해 보여주는 환상이 보다 더 개인적이고 주관적인 서사로 전개되기 때문이다. 시에서 환상은 현실에서의 갈등을 해결해가는 과정이 아니라 그것 자체로 존재한다.

2

최근 우리 동시는 일상을 떠도는 공기와 다투듯 자신의 문학적 정체성을 확립하려는 일군의 시인들에 의해 제출된 텍스트들로 빛난다. 이상교,

권영상 등 지금까지 우리 동시를 지켜온 원로급 시인들부터 송찬호, 윤제림, 안상학, 이안, 송진권, 장철문, 송현섭, 김준현, 김성민, 임수현 등 이른바 중진에서 신인들까지 자기 갱신을 거듭하고 있음을 확인할 수 있다.

저 얼음물 담긴 물병을 봐

식은땀을 줄줄 흘리는 것 같지?
사실 저건 탈출이야

추워서 못 살겠다고
하나 둘 밖으로 기어 나오는
물방울 국민들이야

—김준현, 「겨울왕국 국민들」 전문
(웹진 《동시빵가게》 10호)

북극곰이 몇 시 몇 분부터
오렌지주스 시켜 놓고
펭귄과 마주 앉아 있었는지
카페 손님들은 아무도 모릅니다

안에는
쉬지 않고 얼얼한 바람이 불어 대고

밖에는
뜨거운 바람 가득 머금은 사막이 떡 버티고 있습니다

딸그락!
오렌지주스에 들어 있던 얼음이 꽤 작아졌어요

여기서 우리는 다만 북극곰이
끊었다던 담배를 다시 물지 않기를 두 손 모아 비는 수밖에요

한편, 펭귄은 오렌지주스가 아주 심각하게 싱거워졌다면서
카페 주인에게 따지고 있어요

—김성민, 「남과 북이 만나」 전문
(『고향에 계신 낙타께』, 창비, 2021)

지금까지 봐왔던 동시의 형식을 깨부수고 완전히 새로운 것을 만들어내고자 한 시인의 의지가 담긴 시편들이다. "저 얼음물 담긴 물병을 봐//식은땀을 줄줄 흘리는 것 같지?/사실 저건 탈출이야". 거두절미하고 이런 진술을 던져놓을 수 있는 시인이 몇이나 될까. 이미 제5회 문학동네동시문학상 대상작인 『나는 법』을 통해 그의 시적 역량은 증명되었지만, 최근 더욱 진화하고 있음을 확인할 수 있다. 얼음물 담긴 물병에 맺힌 물방울을 '겨울왕국의 국민들'로 볼 수 있는 시선은 아무나 가질 수 있는 게 아니다. 3연 6행의 짧은 시편이지만, "추워서 못 살겠다고/하나 둘 밖으로 기어 나오는/물방울 국민들이야"라는 문장 앞에서 독자들은 무슨 생각을 할까. 그는 어른 작가로서 아이들을 위한 섬세한 시선을 가지고 있

지만 그 시선을 담아내는 목소리가 한층 간결하면서도 강력해졌다. 실제 최근 그의 작품들은 낡고 동일한 것을 새롭게 만들어낸다는 점에서 진보성을 가지고 있으며, 이른바 고급 독자들이 그의 시적 에너지를 추인하게 할 동력을 가지고 있다. 문화 대중의 특징인 일상성을 거부한다는 그의 세계관을 엿보는 것만으로도 한 사람의 독자로서 즐겁지 않을 수 없다. 그의 작품을 통해 이런 질문이 가능하기 때문이다. 시적 언어의 가지런한 관습 체계를 어디까지 부정할 수 있을까?

문학의 진정성에 대한 향수나 서정적 주체에 대한 인식을 포기하지 않으면서도 새로운 환상과 서사를 꿈꾸는 김성민의 최근 작업도 돋보인다. 동화적 발상을 앞세운 그의 작품은 질서정연하게 체계화된 언어 논리로는 설명되지 않는 스토리텔링으로 시작된다. "북극곰이 몇 시 몇 분부터/오렌지주스 시켜 놓고/펭귄과 마주 앉아 있었는지/카페 손님들은 아무도 모릅니다". 독자들에게 새로운 호기심을 자극하기에 충분한 그의 이번 작품은 무한한 세계를 유한한 언어로 표현할 줄 아는 시인의 역량이 함축된 환상이다.

구두 가게 진열장에
새 구두가
진열되어 있어요

구두 가게 사장님,
저기 푸른 구두 두 켤레는
어느 신사가 신어야 어울리는 건가요?

하하, 저기 있는 구두 네 짝은
두 켤레가 아니라
한 켤레랍니다
어느 멋진 늑대가 예약한 구두이니까요

—송찬호, 「늑대 구두」 전문
(『여우와 포도』)

작은 새는
메아리를 본 적 있는데
아주 작고 귀엽게 생겼더래요

갈래머리를 하고
땡땡이 반바지를 입고 있더래요

메아리는 작은 바위에 혼자 앉아
나뭇잎을 톡톡 따며
흥얼흥얼 노래를 부르다가

산에서 내려오는 사람들
뒤꽁무니를 졸래졸래
따라 내려가더래요

—임수현, 「메아리」 전문
(『외톨이 왕』)

송찬호 시인에게 환상은 그가 가진 몸 그 자체라는 느낌이 들 때가 있다. 위에서 인용한 「늑대 구두」에서 확인할 수 있듯 그의 작품이 언제 어디서나 객관적이면서도 유희적인 힘을 갖는 것은 꿈꿀 수 없는 것을 꾸는 꿈, 즉 동화적 상상력과 맞물려 돌아가는 환각의 아름다움 때문이다. 그는 처음부터 끝까지 온전히 환상 안에 있다. 현실과 환상이 교차하는 영역에 놓인 구두처럼 화자가 있고 늑대를 불러들인다. 늑대는 유유히 우리가 사는 현실로 걸어 내려온다. 그러니까 '구두는 현실+늑대는 환상=현실이자 동시에 환상'이다. 송찬호 동시의 힘이자 미덕이다. 그의 펜에 의해 현실과 환상의 경계는 지워지고 (독자들에게는) 지금까지 알지 못했던 곳으로의 여행만 남게 된다. 이처럼 그의 환상은 논리적이며 객관적이다. 이에 비해 임수현의 환상은 현실과 무관한 동화 속 이야기처럼 제시된다. 일종의 액자적인 구성이다. 어린 시절의 나로 환유된 "작은 새"의 입을 통해 그려내는 그의 환상은 앙증맞고 귀엽다. "갈래머리를 하고/땡땡이 반바지를 입고 있"는 메아리를 본 독자들이 얼마나 될까. 이성적인 논리로는 설명할 수 없는 무한의 시공간으로 독자를 이끄는 그의 메아리는 엄밀한 의미로 환상이 아니라 베르그송이 말하는 순수기억에 가깝다.

3

한편 최근 출간되는 동시집들의 특징 중 하나를 꼽으라면, 양적으로도 질적으로도 그야말로 '환상적'이라는 것이다. 반서정적이고 실험적인 성향이 강한 동시집들이 쏟아져 우리 동시의 스펙트럼을 한껏 넓히고 있다. 특히 송현섭은 동시의 존재 의의와 의미를 재규정하게 하는 계기를 제공했다. 여태껏 읽어보지 못한 매우 이질적인 동시였다는 이안 시인의 평처럼 발견이라기보다 발명에 가까운 것, 억압되고 금기시되었던 말과 내면이 거침없이 표현되면서 만들어낸 새로움이 담겨 있다.

> 저녁 햇살은 아침 햇살과 꼭 빼닮았습니다.
>
> 저녁 새는 아침 새와 일란성쌍둥이였습니다.
>
> 저녁 할머니도 아침 할머니와 똑같았습니다.
>
> 그래서 후다닥 가방을 메고 튀어나왔습니다.
>
> 큰길까지 다다다닥 달려갔다 돌아왔습니다.
>
> 아침인 줄 알았는데 ………… 저녁이었습니다.
>
> 할머니가 무릎을 치며 깔깔 웃고 있었습니다.
>
> 멍청한 내 얼굴도 아침저녁이 똑같았습니다.
>
> —송현섭, 「아침저녁」 전문
>
> (『어린이책 이야기』 2019년 여름호)

할아버지 어렸을 때 이야긴데—

재 너머 사는 아저씨 한 분이 밤마다
깊은 산에 들어가 잠자는
새벽에 꿩을 잡아 자루에 넣어 왔더란다

잠든 꿩의 침실을 열고
꿩도 몰래
꿩을 꺼내 왔더란다

꿩은 꿩꿩
제대로 엄마 아빠 한 번 부르지도 못하고

꿩은 꿩꿩
자기 이름 한 번 제대로 부르지도 못하고

자루 속에서 덜덜덜덜
얼마나 무서웠겠니

할아버지 어렸을 때 이야기니까
까마득한 옛날이야긴데
너 태어난 다음부턴 옛날이야기가 아니란다

그러니 우리 아가,

할아버지 볼에 얼른 뽀뽀하고

방문 꼭 잠그고 자야 한다

—이안, 「옛날이야기」 전문

(『오리 돌멩이 오리』)

그러나 우리는 「옛날이야기」를 가지고 있고, 언제까지나 가지고 있어야 한다. 서정시가 주체와 세계 사이의 동일성을 특징으로 한다는 전제 자체를 부정하고 분열의 주체, 비동일성의 미학에 의한 반서정까지도 우리 시대가 지닌 서정의 특수한 유형으로 편입된다고 하더라도 서정은 서정이고, 동심은 동심이다. 송현섭의 「아침저녁」은 동시가 동심을 바탕으로 한다면 인간 내면의 모든 것을 대상으로, 소재로, 혹은 주제로 하는 것임을 증명하고 있다. 2020년을 살고 있는 우리에게 자연은 옛날이야기를 담고 있는 서사적인 공간이다. 시선이 더욱 깊어진데다 보다 따뜻한 애정이 전면화된 탓일까. 그의 이번 작품은 천진한 시골 아이의 웃음이 눈앞에 그려지듯 생생하게 아름답다. 『착한 마녀의 일기』(문학동네, 2018) 등의 시집을 통해 확인했듯 문장이 전하는 감각이 섬뜩하리만큼 생생한 것은 여전하면서도 동시에서 보여줄 수 있는 '서정의 볼륨'이란 이런 것임을 실감케 한다. "아침인 줄 알았는데 ………… 저녁이었습니다.// 할머니가 무릎을 치며 깔깔 웃고 있었습니다.// 멍청한 내 얼굴도 아침저녁이 똑같았습니다." 다시 아이로 돌아간 인간은 모든 것이 될 수 있다. 우리가 동시를 읽어야 하는 이유가 그렇고 동시가 가진 힘 또한 여기서 나온다.

송현섭의 "할머니가 무릎을 치며 깔깔 웃고 있"을 때 이안이 들려주는 이야기는 그 이야기 아래에서 또다른 세계를 상상하게 한다. 송현섭의 실험성만큼이나 사유의 과정과 자신의 시적 지향점을 선명하게 내세우는 이안은 고집스럽다. 언제나 그랬듯이 그의 「옛날이야기」는 어떤 수식이나 언술의 치장 없이 솔직하게 드러내는 목소리에서 발화된다. 따라서 쉽게 듣고 넘겨버릴 독자들도 있을 수 있다. 그러나 그가 의도하는 서사와 내용의 밀도가 높은 만큼 읽기가 만만찮다. 8연 19행으로 구성된 이 작품은 1연에서 6연까지는 사실을 그대로 전달하는 평범한 산문적 진술이다. 행갈이 역시 자연스러운 서사에 보조를 맞춘 일반적인 호흡의 단위를 따르고 있다. 어느 한 부분에 포인트가 놓이지 않고 전체적으로 밋밋한 톤을 유지하고 있다. 문제는 7연이다. "할아버지 어렸을 때 이야기니까/까마득한 옛날이야긴데/너 태어난 다음부턴 옛날이야기가 아니란다". 1연에서 6연까지의 평이한 진술은 7연에서 주체의 주관적인 감정이 개입되면서 발견의 의미를 띠게 되고 질문이 생겨나는 것이다. 따라서 마지막 연을 읽기 전 다시 돌아가야 한다. 비로소 처음의 진술은 새로운 형태로 바뀌며 의미를 더한다. "꿩은 꿩꿩/제대로 엄마 아빠 한 번 부르지도 못하고//꿩은 꿩꿩/자기 이름 한 번 제대로 부르지도 못하고//자루 속에서 덜덜덜덜/얼마나 무서웠겠니". 과연 이안의 이 「옛날이야기」가 그저 옛날에 머물러 있는 고리타분한 이야기일까? 그의 시선이 돋보이는 것은 당연히 주체가 의지를 가지고 대상을 바라보는 한순간 표면화되는 서사와 직관의 힘 때문이다. 이 경우 주체와 대상 사이 혹은 과거와 현재 사이에 없는 이야기 같으면서 분명 있는 이야기 같은 투명한 거름망이 놓여 있다. 우리에게 현전하는 이미지는 '이미 예전에 한 번'의 현실이며, 이 이미지가 우리에게 보여주는 것은 '지금'이 '언젠가'라는 사실이다. 여기도 또한 어느 장소, 언젠가 다른 곳인 장소라는 것이다. 사람으로부터 발생해 사람으로 전해진 이야기는 그것이 설령 거짓이라 한들 듣는 입장에서는 다를 게 없다. 진실이든 거짓이든 이야기는 이야기 그 자체이고 그것이 현실이고, 현실을 넘어설 수 있는 진실이기 때문이다. "너 태어난 다음부턴 옛날이야기가 아니란다"라는 이안의 멋진 구절처럼, 그것이 그저 이야기의 세계에서만 일어나는 것인지 아니면 이미 일어난 일이 현실이 되고 진실이 되는 이야기의 시간을 발생시키기 위해 일어나는 것인지 알 수 없다는 것이다. 결국 새롭고 낯선 시를 쓰고 싶다는 소망과 낯익은 대상을 낯설게 파악하고 거기에 맞는 이야기를 불러올 수 있다는 것은 같은 맥락임을 이들을 통해 확인할 수 있다.

몸밖을 나온 동심은 목적지를 향해 어디까지 갈까? 행여 목적지에 가까이 갔을 뿐인데 성급하게 미처 도착하기도 전에 닻을 내리는 건 아닐까. 반대로 목적지를 지나쳐버렸다고 생각할 수도 있다. 그러나 아무것도 바라지 않고 어떤 것에도 다다르려 하지 않는 욕망, 이것이 동심의 예정된 운명 아닌가. 즉 동심은 인간이란 존재가 근원적으로 가진 모든 것을 잊어버리는 일에 열중하는지도 모른다. 이것이 동심이 가진 내면의 노래다. 인간의 시간을 좀더 느리게 만드는 노력은 아이들의 소꿉놀이보다 진지한 어떤 놀이를, 전혀 예상치 못한 어떤 유희를 만들어낸다. 몸밖을 나온 동심이 시작되는 시공간은 그렇게 생긴다. 당연히 몸이 모르는 무엇인가가 발생하고 일어난다. 사람들은 그것을 말하고 그것을 받아쓴다. 모르는 이야기가, 몰랐던 이야기가 걸어 나온다. 우리는 눈과 귀로 관심을 기울인다. 그것이 하나의 우화이든 허구이든 상관없다. 그것은 온몸을 뱉듯 말해지는 순간 하나의 진실로서 만들어지기 때문이다. 따라서 작품이라는 상상적인 항해가 그것과 함께 시작하는 어느 순간에 이르기 위해서는 생활의 모든 공간과 현실적 항해의 모든 시간이 필요하다. 이 같은 사실은 김창완, 유강희 시인의 아주 짧은 시편을 통해 서도 확인할 수 있다.

4

내 고향이 하늘인 줄 알았네
떨어지기 전까진

—김창완, 「낙엽」 전문
(『동시마중』 2019년 1·2월호)

겨울을 이고 와
봄을 내려놓고
지나가는 사람

—유강희, 「눈사람」 전문
(『동시마중』 2019년 1·2월호)

이들 두 시인에게서 사물은 다만 그 사물이 가진 존재성으로서 의미가 있는 것이 아니라 하나의 현상으로 파악된다. 이들이 관심을 두는 것은 단순히 시적 대상으로서의 사물이라기보다 우리가 살아가는 시공간에 어떻게 있느냐의 질문으로 부유하는 현상으로서의 사물이다. 김창완의 「낙엽」이나 유강희의 「눈사람」은 가을이 되면 떨어지는 낙엽이나 겨울에 우두커니 서 있는 눈사람이 아니라 우리 삶의 일부를 이루는 현상으로 나타나고, 이것을 감지하는 것은 칼날보다 날카롭지만 아름다운 언어의 힘이다. 이상교의 「물이 웃는다」 역시 마찬가지다.

별 밝은
날

수돗가 물통 물이
웃는다.

수도꼭지에 맺혀 있던
물방울 꼭 한 개가
딱 한 번 말 걸었을 뿐인데

물통 밑바닥까지
웃는다.
물통 바깥까지 둥글게 벙그러져
웃는다.

말그란 웃음.

—이상교, 「물이 웃는다」 전문
(『동시발전소』 2019년 가을호)

'아름다운 서정'의 귀환으로 대변되는 이상교의 작품은 섬세하고 눈물겹기까지 한 시인의 몸이자 몸을 있게 하는 그 무엇이다. 이는 시인의 최근 동시집 『찰방찰방 밤을 건너』에서 두드러지게 나타나는 가슴 저린 사연과도 무관하지 않을 것이다. 더없이 아름다운 시인의 여성성은 자신의 몸과 바라보는 사물(대상)의 결합을 통해 보다 새롭고 구체적인 것으로 재정의된다.

이를테면 나는 만들어진 개념이 아니라 지금 이 순간에도 만들어지는 현재다. 만일 내가 이미 만들어진 개념이라고 한다면 그것은 나무토막에 불과한 것이다. 이미 만들어진 개념으로서의 내가 할 수 있는 생각이라는 것은 내게 붙은 아주 낡은 지식을 자랑하거나 지극히 추상적인 관습이나 관념을 꺼내들고 푸념하는 일뿐일 것이다. 따라서 우리는 언제 어디서나 우리 동시의 가능성을 믿어야 한다. 이 믿음 때문일 것이다. 우리는 여전히 한 편의 좋은 동시를 애타게 갈망한다.

Inner Child

—동시란 장르의 힘과 위로의 방식

방탄소년단(BTS)을 듣습니다.

먼저 입을 지웁니다. 눈은 감습니다. 귀를 창문처럼 열어둔 지 오래고요. "그때 우리/참 많이 힘들었지/너무나 먼 저 하늘의 별/올려보면서" 뷔의 솔로곡 〈Inner Child〉(2020년 발매)를 듣습니다.

문현식을 읽습니다.

서둘러 귀를 막습니다. 감았던 눈을 뜨면 아이 셋이 보입니다. BTS 뷔가 불러낸 아이가 머리칼을 쭈뼛거리며 다가서는 게 보입니다. 그래, "그때는 (누구나) 아팠지". 나는, 나를 가만히 웃음으로 쓰다듬어줍니다.

셋이 앉아서
돌아가며
웃긴 얘기를

하나씩 하기로 했다

나는
친구와 한 자전거로
내리막길 달리다가
자갈밭에 굴러
피투성이가 되었던 일을 말했다

유진이는
계단에서 아래로 날아 떨어져
턱이 퍼렇게 멍들어
수염 난 어른처럼
얼굴이 변했던 적이 있다고 했다

재민이는
교통사고로 입원했는데
그때 다친 발가락이
비가 오는 날이면 간지럽다고 했다

우리는
웃는 얘기를 하기로 했는데
아팠던 얘기를 하며 웃었다

—문현식, 「그때는 아팠지」 전문

(2020년 제4회 동시마중 작품상 수상작)

뇌를 지웁니다.

BTS 뷔가 불러낸 아이와 제4회 동시마중 작품상 수상자인 문현식이 쓴 아이 셋을 머리에서 지우려고 합니다. 지울 수가 없습니다. 그래서 아예 뇌를 지웁니다. 뷔를 듣던 귀를, 문현식을 읽던 눈을 멀리 던집니다. 몸 밖에서 몸안으로 멀리, 가깝고도 먼 곳으로, 아주 멀리…… 이때쯤입니다. 내 귀를 내 눈을 돌멩이처럼 주운 아이 하나가, 아이 둘이, 아이 아홉이, 열다섯이, 발소리를 죽인 마흔 명의 아이가 새벽별처럼 반짝이며 걸어 나오길 기다렸다가 내가 나에게 가만히 속삭입니다. "말도 하고 눈도 떴지만/나 아직 안 일어났어"(김개미, 「아직 안 일어났어」). 돌멩이를 툭툭 던져놓듯 무심한 어법이지만, 어른 작가로서 내면에 숨긴 아이를 위한 내레이터로, 현실의 아이를 대변하는 사랑으로, 평범한 어투지만 더없이 따뜻한 위로의 방식으로……

나 아직 안 일어났어
일어났는데 안 일어났어
밥은 먹을 거야
근데 그때도 안 일어날 거니까
밥 먹을 때 뭐라 그러지 마
정신은 내가 차리고 싶을 때 알아서 차릴 테니
뭐라 그러지 마
난 오늘 놀지도 않고 나가지도 않고
뒹굴거리기만 할 거야

잠이 솔솔 올 때 기분 좋단 말야
눈 떴는데 아직 약간 졸리면 기분 좋단 말야
그러니까 이불 개라 그러지 마
말도 하고 눈도 떴지만
나 아직 안 일어났어

—김개미, 「아직 안 일어났어」 전문
(『미지의 아이』)

1
'닭똥집'과 '컵 속의 얼음들'

BTS 뷔의 솔로곡 〈Inner Child〉는 뷔 자신의 이야기로, 미래를 걱정하며 불안해했던 과거의 어린 자신에게 담담한 위로를 보내는 곡. 이 곡을 들으며 문현식을 읽는 순간 내 안에서 그리고 당신 안에서 걸어 나올 아이는 몇 명이나 될까요?

고백건대 저는 아직도 철이 없습니다. 철이 들면 노망,이라는 신념으로 살고 있을 정도니까 제 뇌는 '닭똥집'보다 못한 거죠. 결코 말장난이 아닙니다. 이게 제가 동시를 쓰는 까닭이니까요. 그리고 이런 저를 위로하는 방식은 닭똥집 같은 질문밖에 없다는 사실. 너무 빨리 철이 들었다거나 너무 빨리 어른이 됐다는 말들은 좋은 말일까? 누구도 자기 자신을 보려 하지 않는다는 문장을 떠올린다면, 내가 내게 할 수 있는 최대한의 위로인 셈입니다. (김륭이 김륭에게)

(나의 뇌 = 닭똥집)

앞에서 읽은 문현식과 제4회 동시마중 작품상 심사에서 「깡패 고구마」란 작품으로 마지막까지 경합했던 박정섭의 신작이 눈에 쏙 들어온 것은 이 때문인지도 모르겠습니다. 그러니까 박정섭의 의도와는 무관하게 내 안에 사는 아이에게 내가 보내는 위로쯤 될까요.

닭똥집에는
똥이 아닌
모래 가족이
모여 산다

월세일까?
전세일까?

그건 나도 모르지만

이빨 없는
부리만 있는 닭은

누추한 집이지만
너희만 좋다면
여기서 오래오래 지내도 좋아

모래가 되고

내일모레가 되어도

이사 걱정

더 안 해도 되는

바로 이곳

—박정섭, 「닭똥집」 전문

(『동시마중』 2020년 5·6월호)

이젠 어쩔 수가 없어

안 돼 조금만 더

점점 내 몸이 녹아 버리고 있잖아

우는 거 아니야

슬퍼서 그런 거 아니야

그렇지만 더는 어쩔 수가 없어

이렇게 끝나는 게 좋을 거 같지만

그래도 아쉬워

우린 원래 냉정하게 태어났지만

왜 이렇게 세상은 따뜻한 거야

조금 더 여기 있고 싶지만

눈물 줄줄 흘리며 나는 가

안녕

모두모두 잘 있어

—송진권, 「컵 속의 얼음들」

(『동시마중』 2020년 5·6월호)

창작자이자 어른인 내 마음속에 아이가 살아 있듯 우리 모두의 마음속에는 아이가 있습니다. 시간 속에서 걸어 나오는 아이, 시간의 얼룩으로 집을 짓고 살다가 나온 아이. 이때 시간은 '사이'이자 그 사이를 살아낸 흔적. 시간은 가장 앞서 달려가는, 인간이란 존재로서의 근원적인 몸짓이거나 한 인간으로서 최후에 인식될 사유의 보루. 상처로도 환원되고 슬픔으로도 환원되는 내 안의 아이, 몽고반점처럼 푸르게 인화된 시간의 조각. 만약 시간이 의식될 수 있다면, 시간 자체가 아니라 시간이 빚어낸 흔적. 그러니까 '사이'는 공간화된 시간. 내 몸을 빌려 사는 내 아이는 "월세일까?/전세일까?" 애당초 박정섭의 의도와는 무관하게 카테고리를 설정했으니, 영구임대주택이라고 우겨도 좋을 것 같습니다. 내면의 아이가 시간 속을 걸어 나오는 아이라고 가정한다면 시간이 공간을 점유하지 않거나 못할 때 시간은 그 자체로 없는 것이거나 존재성 자체가 무의미해지기 때문입니다. 시간이 사라지면 존재도 사라지고 의미도 사라질 것입니다. 송진권의 「컵 속의 얼음들」이란 시편을 통해 확인할 수 있듯 인간은 '사이'라는 시간 속에서 자신의 존재적 형상을 현현시킵니다. 따라서 내면의 아이는 존재에 관한 형이상학적 물음이 아니라 추상적인 시간에 관한 구체적인 탐색이며 이는 곧 지극히 교과서적인 등식과 괄호로 묶어 아기 염소처럼 풀을 먹일 수도 있습니다. 송진권의 「컵 속의 얼음들」을 어른들의 여름 식탁으로 옮겨놓은 듯 아프면서도 아름다운 시편도 있습니다. "얼음이 녹으면서 컵에 남긴 자국들은 공기의 살갗이라죠/시원하다, 두 손으로 차가운 컵을 쥐고 이마에 문지르며/눈썹이 젖어 서럽다/기쁜 마리아, 이제 없을 여름아/그 순간 나는 내 삶 그만 살자 생각했죠"(최현우, 「아베마리아」, 『사람은 왜 만질 수 없는 날씨를 살게 되나요』, 문학동네, 2020) 이 시편을 초대한 것은 인용한 첫 구절과 함께 "마리아, 사람은 왜 만질 수 없는 날씨를 살게 되나요"란 마지막 구절 때문입니다. 이 글의 카테고리에 맞게 변용을 하자면 날씨를 슬쩍, (내면의) 아이로 바꿔 읽으면 됩니다. 어른 작가로서 우리는 왜 만질 수 없는 아이를, 영원히 가질 수도 버릴 수도 없는 사랑을 살게 되는 걸까요? 흔히들 내면의 아이란 어린 시절에 각인된 기억이나 불안, 근심, 고뇌 등을 합친 개념이라고 합니다. 이는 좋든 나쁘든 부모는 물론 다른 중요한 인물을 통해 체험한 것으로, 우리가 의식의 차원으로 기억하고 있지 않더라도 무의식 속에 확고하게 자리를 잡고 있다고 합니다. 따라서 슈테파니 슈탈은 누구나 자신이 보호받고 안전하며 환영받는다고 느낄 수 있는 장소가 필요하고, 따뜻한 어린 시절의 느낌, 반갑게 맞이하고 환영받는 이러한 삶의 느낌은 어른이 되어서도 우리의 마음에 계속 머무른다고 말합니다. 바로 이 지점입니다. 아이들은 물론 어른들에게도 동시란 장르의 힘이 절실한 지점입니다. 저는 슈테파니 슈탈이 말하는 장소로는 부족하다는 생각입니다. 장소보다는 시간이 더욱 필요한 것은 아닐는지요.

문현식의 「그때는 아팠지」가 제4회 동시마중 작품상을 수상한 것도 내면의 아이가 가진 시간의 힘 때문일지 모릅니다. "아팠던 얘기가 현재의 이야기 형태로 소환되면서 고통(과거)이 웃음(현재)으로 승화되는 지점을 잘 포착"(김준현, 동시마중 작품상 심사평에서)한 것은 현실 속 아이들은 물론 어른 작가로서 내면의 아이에게 줄 수 있는 동시의 힘을 간파한 작가의 인식과 의지 때문이 아닐는지요. 이처럼 좋은 동시는 우리 안의 상처받은 아이, 영원히 이해받지 못할 슬픔으로 가득한 채 숨어 있는 내면의 아이를 사랑으로 일깨우는 거죠. 내면의 아이는 끝없이 다른 곳을 꿈꾸는 자, 현실에 만족하지 못하고 오직 닿을 수 없는 아득한 미래의 나를 꿈꾸는 우리 모두의 '존재'이자 '실존'이니까요. 내면의 아이가 어릴 때부터 겪는 불안, 근심, 고뇌의 언표로 놓인다면 그 아이를 우리 모두가 공감하고 함께 아파하고 사랑할 수 있는 이야기의 주인공으로 만드는 것, 그것이 동시가 가진 진정한 힘이 아닐는지요.

(고유의 감수성+실험적인 정신=시적 의미의 갱신)

뛰어난 동시를 쓰는 어른 작가들은 모든 사물에서 육체를 느끼고 있음을 언어로 입증합니다. 위에서 인용한 「닭똥집」이란 작품 이전에 '고구마'에서 '깡패'를 불러낸 박정섭이 그렇고 「컵 속의 얼음들」을 통해 "우린 원래 냉정하게 태어났지만/왜 이렇게 세상은 따뜻한 거야"라며 그저 담담한 언술로 사랑과 슬픔을 녹여낸 송진권이 그렇습니다. 지극히 평범한 일상의 경험에서 빛나는 시의 순간을 찾아내는 일은 사람처럼 육체를 갖고 있는 사물에서 보석 같은 언어와 내면의 아이처럼 숨어 있는 존재의 이미지를 골라내는 일이 아닐는지요. 하긴 마른오징어를 통해 "들리니?//저 멀리서 넌지시 들려오는/이빨들의 파도 소리"(박정섭, 「마른오징어」, 『동시마중』 2020년 5·6월호)를 물을 정도라면 자기만의 스타일, 말의 재미를 십분 즐기는 듯한 자유로운 형상화 능력만으로도 우리 동시의 가능성을 충분히 보여주는 것이라고 말해도 과장은 아닐 것입니다.

2
세상을 놀라게 하는
사랑의 발견

코로나로 더없이 힘겨운 시대, 나아가 제아무리 추악한 시대를 살아내면서도 매일 아름다움을 발견해내는 사람들이 있습니다. 현실을 살면서도 내면을 살아가는, 희미해지지 않는 아이들과 존재한 적 없는 아이들까지 불러내는 사람들이 있습니다. 언제나 그랬습니다. 뒤집어 말하자면 언제나 우리는 아이들 속에 있었습니다. 그것은 무의식 속 내면의 아이가 '숨김'이란 역동성을 가졌기 때문입니다. 세상을 놀라게 하는 사랑의 조각이 우리 안에 숨겨져 있으니까 가능한 일입니다.

고라니 한 마리가 뛰어가면
고라니 발바닥만큼 발딱 낙엽들이 일어나고
고라니 주둥이 같은 돌멩이들이 비탈로 굴러가고
비탈 아래 구지뽕나무가 날름 잎을 내밀고
고라니는 뽕잎을 뜯어 먹다가 이마로 나무를 들이받고
그러면 가지 끝에 앉았던 어치가 건너편 콩밭으로 날아가고
고라니는 어치 울음소리 따라 냅다 달리고
콩밭 콩잎들 살갗에 솜털이 송송 돋고
고라니 앞다리의 털이 더 붉어지고
송곳니는 길쭉해지고 엉덩이는 동그래지고

그때 목이 마른 고라니가 골짜기 쪽을 바라보면

산 속에 혼자 사는 웅덩이가 고라니더러 물을 먹으라고

밤새 수면에 깔려 있던 어둠을 걷어 내네

—안도현, 「고라니 한 마리가 뛰어가면」 전문

(『동시마중』 2020년 5·6월호)

오늘

어디선가

고양이가 태어났는지 몰라

세상엔 내가 모르는 일이 엄청

많이 일어나니까 말야

오늘, 어디선가

고양이가 태어났다면

세상이 달라졌겠지

새로운 누군가가

세상에 온 거니까 말야

누군가 새로 태어나면

세상이 달라져

못 보던 게 온 거니까

모르는 게 온 거니까

그러니까 내일은 오늘과 또 다를걸

—백창우, 「오늘 어디선가 고양이가 태어났다면」 전문

(『동시마중』 2020년 5·6월호)

안도현의 「고라니 한 마리가 뛰어가면」은 대상을 바라보는 주체의 시선이 도드라집니다. 그는 단 한순간도 치밀하고 정교하게 직조된 자신의 시선을 놓치지 않습니다. 뛰어가는 고라니 한 마리의 역동성을 배경으로 고라니를 둘러싼 서정과 서경을 정확하게 의식하고 있으며 정확한 각도와 방향을 조절해 끌어온 독자들의 시선을 주체의 시선에 동여맵니다. 이때 주체의 시선은 당연히 작가 스스로 자신의 내부(내면의 아이)를 바라보려는 의지를 거쳐 여과된 것입니다. 백창우의 「오늘 어디선가 고양이가 태어났다면」은 관찰자 입장인 주체의 시선보다 아이들에게 들려줄 이야기를 전면화합니다. 그저 고양이 한 마리 태어났을 뿐인 오늘이지만 발견의 의미를 추인하고 싶은 시인의 의지가 더해져 세상이 달라지는 엄청난 일로 확장됩니다. 뛰어난 시인은 눈앞의 것을 보되 동시에 보이지 않는 것을 상상하는데, 보이는 것과 보이지 않는 것을 통해 시적 세계를 구성하고, 기호화된 언어와 사고 이전에 대상에 대한 고유한 독해와 판단을 작동시킵니다. 그러니까 시적 대상을 드러내면서도 그 너머의 어떤 대상과 세계를 암시합니다.

지금은 그 어느 때보다 삶의 복원력이 중요해졌다고 말합니다. 그렇습니다. 코로나 바이러스로 인해 모든 사람들의 일상이 무너질 듯 통째로 휘청거리고 있지만 다시 일어서야 합니다. 그래야 합니다. 송진권 시인에게 『새 그리는 방법』(문학동네, 2014)이라도 배워야 합니다. "고라니 한 마리가 뛰어가면" 벌어질 일들을 생각해야 합니다. "오늘, 어디선가/고양이가 태어났다면/세상이 달라졌겠지/새로운 누군가가/세상에 온 거니까 말야" 하고 속삭여야 합니다. 마스크를 쓴 아이들의 입에서 고라니 한 마리가 뛰어나오게 하고, 어디선가 태어난 고양이 이야기를 들려주어야 합니다. 그래야만 지치고 힘든 마음을 동그랗게 그려낼 수 있고, 그 동그라미 속에 새롭게 시작하는 사람들의 이야기를 담아낼 수 있기 때문입니다. 이처럼 이즈음 시대와는 어울리지 않을 만큼 사소한 일들이 곧 내면의 아이를, 내 안의 그림자가 아니라 빛을 깨워 불러내는 일이며 위태로운 삶을 아름다운 여정으로 바꾸는 일이 아닐까요?

3
나는 누구십니까?

이렇게 물을 수도 있겠습니다. 나는 안녕하십니까? 이런 물음에 대한 답을 언제 찾을 수 있을지 모르겠지만, 암튼 그렇습니다. 너무 많은 나 때문입니다. 나이가 들수록 많아지는 당신 때문입니다. 김경진이 숨기고 있는 내면의 아이가 무척 아름답다고 씁니다. 니체의 『차라투스트라는 이렇게 말했다』 속의 어느 페이지를 어룽대는 어린이의 영원회귀처럼 한층 깊어진 연금술을 통해서 자신의 존재론적 변신을 감행하고 있기 때문입니다.

이 사람은요, 나이만큼 자기를 가진 사람이에요.

마흔 살이라 마흔 명의 자기를 데리고 사는 사람이지요. 내가 이 사람을 만날 때 이 사람은 세 살이었다가 열세 살이었다가 스물세 살이 되기도 해요. 영영 스물세 살에 살 것처럼 보이기도 하지만 마흔 살로 더 많이 살아요. 다섯 살일 때 이 사람은 세상을 처음 보는 것처럼 모든 게 신비로운 것투성이고요, 열다섯 살일 때는 세상이 온통 슬픈 것투성이에요. 그러다 훌쩍 마흔 살로 돌아오죠. 그럴 때마다 이 사람은 점점 마흔 살다워져요.

이 사람이 마흔 명의 자기를 데리고 사는 게 힘들 것 같지만 그 마흔 명의 자기는 모두 하나라서 자기만 잘 보살피면 된대요. 정말이지 나도 이 사람이 하나라는 걸 알아요.

우리는 친구랍니다.

—김경진, 「이 사람은요.」 전문

(『별의 별』)

시간은 신기루이고 나는 이야기다, 라고 씁니다. 시인들은 신기루처럼 잡히지 않는 시간을 정확한 언술과 정직한 서사의 구조로 증명합니다. 나 혹은 당신이 이야기가 될 때 현실은 무궁무진한 말의 시간이자 공간이 됩니다. 그리고 기적이 됩니다. 나는 사랑이라는 미지의 감정을 살아내는 노예가 되어 마음이라는 시공간에 갇히기도 합니다. 그렇다면 나는 무엇이고 어디에 존재하는 것일까요? 우리는 오늘을 잃고 내일을 얻는 게 아니라 또다른 오늘을 얻는 것인지 모릅니다. 내면의 아이가 그림처럼, 이야기처럼 존재하는 방식이 그렇습니다. 시간이라는 아슬아슬한 뱃머리 위에서 우리는 늘 불가역적이면서도 가변적입니다. 내가 나를, 당신이 당신을 모르는 것은 우리가 늘 일정하게 존재하지 않기 때문이 아닐는지요. 우리는 오늘이라는 시간을 통해서 새로 태어나고 내일이 되면 또다른 우리를 발견하게 됩니다.

그렇습니다. 우리는 소년이자 소녀이고, 어머니이자 아버지이고, 아이입니다. 우리는 미지의 세계를 질주하는 내면의 아이를 통해서 스스로를 완성하고 존재의 영원회귀를 실현시킵니다. 그 누구든 내 안의 아이를 떠나서는 아무데도 갈 수 없을 것입니다. 결국 이렇게 씁니다. 이렇게 쓸 수밖에 없습니다. —다행입니다. 나는 내 안에 있는 아이를, 내가 나를 사랑했다는 말을 쓸 수 있어서 참 다행입니다.

달걀 옮기는 쥐와 달을 옮기는 아이와

—싸우는 동시, 잠자는 동시

공부는 이따가 하고, 지금은 쥐가 되어라. 지금은 밤이니까 달걀이든 달이든 좀 옮겨라. 이렇게 중얼거리고 싶은 날이 있다. 동시를 쓰거나 읽는 일, 그것은 먼저 아이처럼 세상을 잊는 일이기 때문이다.

장철문의 최근 발표작을 읽으면서 문득 오르한 파묵이 떠올랐다. 동시란 장르에 관한 게 아니라 글쓰기에 대한 개인적인 소견일 뿐인데도 어딘가 맞닿는 지점이 있다. 이를테면 오르한 파묵이 말하는 글쓰기의 가장 멋진 부분이 그렇다. 그 첫번째가 앞서 언급했듯 아이처럼 세상을 잊는 것이다. 그다음이 마음껏 놀고 즐기면서 자신을 무책임하게 느끼는 것, 그리고 익숙한 세계의 규칙들을 장난감처럼 가지고 노는 것이다(오르한 파묵, 『다른 색들』, 이난아 옮김, 민음사, 2016). 개인적으로 혹해하며 밑줄을 친 부분은 "익숙한 세계의 규칙들을 장난감처럼 가지고 노는 것"이다.

'쥐 = 창작자, 달걀 = 세계'

달걀을 옮기는 쥐가 된다는 건 어떤 것일까? 창작자의 의도와는 상관없이 나는 내가 모르는 세계에 대한 설명을 들으려고 하는 건지 모르겠다. 먼저 눈을 감는다. 쥐의 품에 안겨 있는 달걀이 된다는 건 어떤 것일까? 언제 어디든 출몰하면 비명을 질러대던 그런 쥐가 아니다. '은밀하고도 뻔뻔스럽게' 달걀을 옮기는 쥐다. 좋은 작품은 대개 이런 식이다. 시적 배경이 담긴 서사만으로도 독자들을 장악, 창작자의 세계에 동참하게 한다.

1
대중화와 통속화는 다른 것이다

그게 무엇이든 근본적인 질문조차 없는 문학은 문학이 아니다, 라는 문장에서부터 시작하자. 그리고 2021년 현재 우리 동시에서 아이들은 시대에 맞는 옷을 입고 있는가, 라는 '반성적' 현실을 덧붙이자. 평론가가 아니라 창작자 입장에서 내놓는 답은 두 개다. 우선 하나는 안타깝게도 '아니다'다. 다시 묻는다고 해도 이 부정의 답은 변할 수가 없다. 올해 신춘문예 당선작을 읽고 난 뒤 쓴 답이기 때문이다. 두번째 답은 그럼에도 불구하고 시대를 앞서가는 옷을 입을 '가능성도 충분하다'다. 지난해 말부터 올 초까지 각 문예지에 발표된 작품들을 꼼꼼하게 읽은 덕분이다. 두 개의 답 가운데 첫번째, 단호하게 부정적인 답을 제출한 근거는 앞에서 언급한 것처럼 올해 신춘문예 당선작에 있다. 아직도 근대 이전의 감상적인 세계관과 언술에서 벗어나지 못한 작품들이 대부분이었기 때문이다. 아이들을 독자로 한 동시라고 해서 한없이 가벼워지는 감정과 언술은 도

대체 어디서 오는 것일까. 행여 많은 어른 작가가 아직도 자기 연민으로부터 오는 일종의 동심천사주의에 매달려 있는 것은 아닐까. 그렇다면 심각한 문제다. 새롭고 무서운 신인들의 등장을 기대하며 신춘문예 당선작을 읽은 독자로서, 고백건대 강렬하기는커녕 차라리 무료했던 까닭은 왜일까. 그것은—이건 어디까지나 개인적인 의견으로 오해는 없었으면 좋겠다—동화와 동시 당선작의 수준 문제이자 편차 문제이다. 동화의 경우엔 기성세대와는 다르게 살아가는 아이들의 모습을 멋지게 형상화한 한국일보 당선작 「현우의 동굴」, 서울신문 당선작 「연우의 재밌는 일기 쓰기 기계」 등 몇몇 작품은 새로 등장한 작가들에 대한 기대감을 부풀리기에 충분한 걸로 읽혔다. 그러나 동시의 경우 한국일보 당선작인 「검은 고양이」를 제외하면 2010년대 이후 놀라울 정도로 달라진 우리 동시의 위상에 부합하는 작품은 찾아보기 힘들었다. 대부분의 당선작들이 새로운 눈을 뜨지 못한 채 자기 연민과 동심을 빙자한 그럴듯한 수사에만 매달려 있다는 느낌을 지울 수 없었기 때문이다. 특히 모 신문 당선작의 경우엔 인식의 문제가 심각했는데, 자기 연민에 빠진 '작위적인' 인식과 어법이 창작자가 가진 동심마저 훼손하는 동심천사주의의 전형을 보여주는 것 같아 우울했다. 어느 평론가의 말처럼 창작자가 쉽게 쓰고, 이 정도면 됐지, 하고 만족하는 순간 망하는 게 문학일 것이다. 대중화와 통속화는 다른 것이다. 예년에 비해 전반적으로 수준이 낮아진 것으로 보이는 몇몇 신춘문예 당선작처럼, 읽히지 않는 것보다 읽혀서 아이들의 흥미를 떨어뜨리는 작품이 더 문제다. 아이들을 핑계로 문학인 척하는 가짜일 뿐 문학이 아니기 때문이다.

2
인생은 어른보다 아이들이 더 많은 시공간을 가지고 있다

동시라는 장르는 우리가 알고 있고, 살고 있는 모든 인생에 대한 질문을 가질 때 가치가 있다. 이때 인생은 어른보다 아이들이 더 많은 시공간을 가지고 있다는 사실을 간과하지 말아야 한다. 동시란 장르는 어른 작가와 아이들의 논쟁이므로, 그것은 곧 동심에 관한 질문과 궤적을 같이한다. 그러니까 좋은 동시의 혁신적이고 놀라운 독창성은 우리가 가진 관습적인 삶에서 벗어나려는 의지로부터 시작된다. 이 같은 의지만이 문학 안으로 불러들인 '상투적인 동심'과 싸우는 작품을 탄생시키기 때문이다. 아동문학을 통해 어른 작가들이 아이들에게 줄 수 있는 것은 동심을 빙자한 어설픈 흉내내기와 순간적인 재치나 아이디어 혹은 자기 연민에 빠져 들려주는 노랫말 같은 것이 아니다. 동시란 장르가 줄 수 있는 최대치는 아이들이나 어른들을 가리지 않고 공유할 수 있는 흥미로운 질문에 있다. 당연히 이 질문은 인생 전반을 아우를 질문이 될 것이다. 동시는 남녀노소를 막론하고 삶의 구조는 무엇인지, 삶이란 무엇인지 질문하기에 충분한 장르로서의 가치가 예약되어 있다. 아이들과 어른들이 주고받는 질문과 논쟁이 곧 우리의 모든 인생을 관통하는 '서사의 중심'이기 때문이다. 읽기 어렵다고 이해할 수 없는 이야기는 없다. 문제는 언제나 창작자이면서 독자인 어른에게 있다. 스스로 답이 있다고 생각하기 때문이다. 이는 인간이 글로써 할 수 있는 것이 새롭고 흥미롭고 나아가 경이롭기까지하다는 사실을 간과하거나 모르기 때문에 파생되는 문제다. 아동문학은 특히 동시는 '아는 체'하는 것이 아니다. '하는 체'하는 것은 더더욱 아니다.

멀리 언덕을
구물구물 넘어오는 것들

마을로 다가오면 그것들
염소들이에요.
그게 좋아요.

사납거나
징그러운 것 아닌
염소들이라서 좋아요.

그것들을 따라
우리 마을로 살며시
하나도 안 무서운 저녁이 오지요.

달도 따라서요.

—성명진, 「저녁에 언덕을 넘어오는 것들」 전문

(『어린이와 문학』 2020년 겨울호)

저녁에 언덕을 넘어오는 것들이 무엇인지를 따지는 것은 큰 의미를 지니지 않는다. 성명진의 말에 따르면 그것은 "염소들"이고 "염소들이라서 좋"지만 중요한 건 저녁이 언덕을 넘어오는 찰나에 하나의 세계가 무너지고 또다른 세계가 열리는 모습을, 누군가가 밤이면 달을 머리 위에 두고 싶은 아이들의 눈빛으로 사랑스럽게 바라보고 있다는 것이다. 그리고 그 순간 "우리 마을로 살며시/하나도 안 무서운 저녁이 오"고 있다는 사실을 말할 수 있다는 것이다. "달도 따라서" 말이다. 마지막 5연을 한 행으로 구성, 짧지만 강력한 힘을 싣는 이런 서정은 지금까지 흔하게 볼 수 없었던 아름다움이다. '익숙함'과 '낯섦' 사이를 유영하듯 아름다운 서정은 반복되는 낮과 밤의 경계에서 새로운 눈을 뜨고 싶은 어른 작가의 인식이 빚어낸 세계다. 동시라는 장르가 가진 가장 우월한 힘과 가치는 이처럼 작품 자체가 아니라 그 작품을 쓴 어른 작가의 정신과 그 형태에서 나온다. 그래서 우리가 만나는 좋은 동시는 그 동시를 쓴 작가와 닮아 있다—나는 그렇게 보이고 그렇게 믿는다—. 문학이 삶이고 삶이 곧 문학이란 말은 여기서 태어났을 것이다.

그러니까 "저녁에 언덕을 넘어오는" 염소가 있으면 "달걀 옮기는" 쥐도 있을 것이고, 그걸 또 시로 쓰는 이상한 어른도 있을 것이다.

3
쥐가 달걀 옮기는 시

달걀이 슬금슬금 가는 줄 알았다

밑에
쥐가 누워서
네발로 보듬고 있었다

슬금슬금 등을 밀면
달걀이 갔다

달걀 옮기는 데 정신이 팔려서
나한테 들킨 줄도 몰랐다

입이 딱 벌어져서
도둑이야!
소리 지르지도 못했다

나를 한번 힐끔 봤는데,
가만히 누워 있다가
그냥 다시 달걀을 옮겼다

안은 게
참 둥글고 희고 컸다

떨어뜨리지 마
떨어뜨리지만 말고 가

딱! 오늘 하루만이야

—장철문, 「쥐가 달걀 옮기는 시」 전문

(『동시마중』 2021년 1·2월호)

앞에서 쥐를 창작자로, 달걀을 세계로 놓는 일에서부터 다시 시작하자. '몸밖으로 나가본다', '마음이 또 혼자 놀러간다' 등등의 혼잣말을 중얼거리거나 콧노래를 흥얼거려도 괜찮겠다. 그것은 시인 장철문의 쥐가 달걀을 옮기는 동안, 내가 독자로서 그 시간을 가져와 독립된 세계를 만드는 일이기도 하기 때문이다. 나는 쥐였고, 이야기였다. 장철문의 쥐가 달걀을 옮길 때 나는 달과 싸우고 싶었고, 싸우다보면 져 있었고, 결국 나는 아무것도 아니었다. 나는 실패한 얼굴로, 절망에 빠진 몸짓으로 세상 한가운데 있었고, 그런 나를, 나는 내가 아닌 듯 물끄러미 바라보았다. 그리고 달걀을 옮기는 쥐처럼 나 또한 멋진 문장을 찾아보고 싶었다. 글쓰기는 독자로 하여금 이건 내가 말할 참이었는데 난 그렇게 순수하지 못했어, 라고 말하게 만드는 재주라는 오르한 파묵의 발뒤꿈치도 따라가지 못하겠지만, 상상에 상상을 거듭하면 뭔가 찾을 수 있을 거라고 믿고 싶었다. 그러나 나는 끝내 순진한 눈을 반짝이는 아이 같은 한때로 돌아가지 못했다.

장철문이 만들어낸 이런 시간은 비록 실패가 예정되어 있지만, 이런 세계를 볼 수 있다는 것만으로도 얼마나 아름답고 그래서 얼마나 고마운가. 이른바 작품의 완성도, 그 완성도를 견인하기 위한 시적 장치 등등을 언급할 필요조차 없이 그냥 아이처럼 놀고 싶은 시. 그 어떤 비유보다 언어 너머에 있는 상상력이 먼저 머리를 굴리고 가는, 그래서 할 수 있는 말. 여기 다 있다. 그렇다면 쥐에게 당장 필요한 물건은 달걀이지만 밤을 사는 쥐에게 필요한 단어는 달이라고 쓸 수 있다. 시가 오는 때는 이쯤이다. 그래서 나는 이 시에 주석을 달았다.

장철문이 쓴 쥐는 '미친 비행기'다. 달걀 입장에서 보면 '공중의 시간'이다.

이쯤 되면 어떤 이해의 차원이 아니라 그냥 서사만으로도 흥미로운 이 작품을 읽는 독자들의 시선이 먼저 다가갈 곳이 궁금해진다. 쥐와 달걀 중 어느 쪽에 더 오래 머물까. 어린이를 독자로 하는 동시라는 핑계로 꼭 이해의 영역 안에 묶일 필요는 없다. 문득 달을 사랑하는 쥐가 있겠다는 생각을 할 수도 있다. 이 시와는 무관하게…… 빛 한줄기 들지 않는 쥐구멍으로 대변되는 쥐이지만, 달걀을 "누워서 네발로 보듬고 있"는 쥐라면 충분히 가능하지 않을까. 그러니까 우리 모두에게 이런 쥐가 있어야 한다. 동시를 읽다보면 아이들과 어른들의 관계가 놀랍고 이상하다. 거기엔 신기한 무엇인가가 있다. 그게 뭘까. 같은 이야기이면서 다른 이야기? 같은 이야기임에도 삶에 목줄이 잡힌 어른의 경우와 그렇지 않은 아이들의 환상은 다를 수밖에 없다. 그렇다면 사람이 다른 걸까. 있는 그대로 받아들일 때와 받아들이지 않을 때의 간극, 그 속엔 동심도 라면 냄비 속의 달걀처럼 관여가 될 것이다.

4
현실은 언어가 아니라
침묵과 여백으로 드러난다

나는 아직 남아 있어

많은 것이 떠났지

네가 떠난 건 아직도 슬퍼
너는 그곳에서 나를 생각하고 있을까
나는 이곳에서 너를 생각해 빈 침대에 다른 친구가 와도
네 생각이 나
많은 것이 떠났어 창밖 가을도 며칠 전에 떠났어
사람들이 코트를 입고 들어와
나도 길고 무거운 코트를 입는 어른이 될 수 있을까
남아 있는 건 다행인 걸까 기쁜 걸까 아니면 무거워지다가 멈춰 버리는 걸까
떠나는 건, 뛰어가는 것보다 빠르게 사라지는 거겠지
너무 빨리 가느라 인사도 못 하는 거겠지
너무 빨리 가느라 신발을 두고 간 줄도 모르는 거겠지
그래서 어떤 신발은 영원히 빈 신발이 되는 거겠지

—성동혁, 「퇴원」 전문
(『창비어린이』 2020년 겨울호)

어느 날 말이 갑자기 쓰러져 죽자 모두들 안타까워했다.

눈은 '믿기지 않아. 사는 게 허무하군.'
코는 '아무 때나 튀어나가지 말라고 그렇게 일렀건만.'
가슴은 '뾰족한 말로 자꾸 찌르다가 벌 받았나 봐.'
입은 '내 잘못이야. 못된 말이 나가기 전에 삼켰어야 했는데.'
귀는 '난 다정하게 속삭이던 것만 기억나서 슬퍼.'

머리는 '그 애에게 고백하려고 준비한 말은 어쩌지.'

손은 '나만 바쁘게 생겼네. 할 말을 글로 다 써야 할 거 아냐.'

발은 '누가 왔나 봐. 보험회사에서 무슨 일로……'

"귀하께서 들어 놓은 말 보험에서 하루 동안 쓸 수 있는 말을 제공해 드립니다. 계약 내용에 따라 딱 열 마디만 할 수 있으며 어떤 말을 할지는 자유임을 알려 드립니다."

—김성은, 『말의 장례식』 전문

(『동시마중』 2021년 1·2월호)

동시를 쓰는 시간의 대부분은 '공중'을 위해 쓰인다. 여기서 공중은 상상, 환상 등으로 치환할 수 있는 '시간 밖의 시간'이다. 그래서 지금 당장 자신이 앉아 있는 의자를 공중으로 옮겨놓는 사람이 있고, 「쥐가 달걀 옮기는 시」를 쓴 시인이 있을 것이다. 아이의 마음을 쓰는 것이 동시라는 말이 부정적으로 들릴 때가 있다. 아이가 갖고 있지만 갖고 있는지 모르는 그 마음을 쓰는 것이 더 적확하다고 생각하기 때문이다. 동심은 동시를 쓰는 어른 작가의 언어 바깥에만 있는 것이 아니다. 이는 우리의 삶이 보이는 것과 일상적인 언어의 표면적 의미로만 구성되지 않는다는 의미다. 따라서 창작자라면 정형화된 일상 세계의 깊이 없는 삶과 그것을 통찰하지 못하고 사는 삶의 한계를 극복하기 위해 내부 언어와 싸워야 한다. 김성은이라는 신예 시인의 등장이 반가운 것은 이 때문이다. 어쩌면 예상보다 빨리 그의 '말 보험'에 들어야 할지도 모르겠다. 그리고 죽음을 소재로 한 성동혁이 과감하게 질문을 앞세운 구절들은 밑줄을 긋기에 충분하지 않은가. 동시라고, 아이들이 읽는다고 삶 이후 도래할 세계(죽음)를 말할 수 없는 것은 아니다. 시간의 깊이를 말할 수 있는 내용이나 형식이 별로 없을 뿐. 그렇다. 동시는 어른 작가로서 돌이킬 수 없는 삶을 거울로 놓고 행하는 자기반성의 길고 깊은 여정이다. 시(동시)가 고백의 장르라면 그것은 미래의 것이다.

5
시는 매번 새로운 길을 가려 한다

통화 중

연필 끝에서 헝클어지는 머리카락이
먹구름이 되는 중 먹구름이
비를 참는 중

재밌는 이야기 중 재밌는 이야기를 받아쓰는 중
밑줄을 긋는 중
밑줄 위로 새가 한 마리 두 마리 앉는 중
짹 짹 한글로 우는 중

통화 중

네모 세모 동그라미를 그리는 중
네모 세모 동그라미 속을 까맣게 칠하는 중

별이 하나 둘 빛나기 시작하는 중

우주 저 먼 곳으로부터 행성들을 옮기는 중
연필 끝에서 빙글빙글 돌고 있는 중

통화 중
에만 제 힘으로 춤을 추는 선

연필이 내 손을 잡고 하고 싶은 이야기
도란도란 나누고
전화를 끊고 나서야 발견한 이 그림

누가 그린 걸까?

—김준현, 「통하는 중—전화할 때 종이를 앞에 두고
연필을 손에 쥐고 있어 보세요」 전문
(『창비어린이』 2020년 겨울호)

성순이가 동그랗게 눈을 뜨며, —와, 예쁘다!
병훈이는 눈을 깜박이며, —그게 뭐예요?
종범이가 나무라듯, —선인장이잖아, 그것도 몰라?
창구가 편을 들며, —선인장도 선인장마다 이름이 다 달라!
경삼이는 눈웃음치며, —이거 먹는 거예요?
병임이 경삼이를 흘기며, —선인장을 어떻게 먹냐?

옥남이가 병임이 보며, —먹는 선인장도 있어!

홍선이는 선생님 보며, —근데 이거 왜 가져왔어요?

재학이가 혼잣말로, —너무 쪼그맣다!

면식이가 선생님한테, —얘는 몇 살이에요?

헌영이가 면식이에게, —우리 2학년 교실로 왔으니까 얘도 2학년이지!

상범이가 헌영이에게, —처음 학교 온 거면 1학년이지!

동규는 주번인 일동이한테, —야, 물 좀 떠 와!

일동이는 선생님 보며, —선인장은 물 싫어해, 그쵸?

숙진이는 고개를 끄덕이며, —아, 물을 자주 안 줘도 되니까 가져온 거구나!

명선이는 겁먹은 얼굴로 손가락을 대며, —이거 찔리면 아파요?

종범이가 이번엔 명선이 보며, —당연히 아프지 바보야!

두희는 웃으면서, —안 아파. 진짜야, 한번 찔려 봐, 하나도 안 아파!

계송이는 혼잣말하듯, —이거 우리 집에도 있는데…….

충원이는 뒤의 인규를 보며, —밀지 마!

인규는 제 뒤에 아무도 없는데 밀리는 척하며, —밀지 말라잖아!

경란이는 짜증난 듯, —내 가방 밟지 마!

종범이가 깜짝 놀라, —앗, 따가!

숙진이 웃으면서, —말 안 들으면 찌르려고 가져오셨구나!

선생님이 웃으면서, —자기소개 다 마쳤으면, 이제 그만 자리로 돌아가세요!

—이만교, 「선생님 선인장」 전문

(『동시마중』 2021년 1·2월호)

통상적으로 시의 입체감이나 기울기는 이성복 시인의 말처럼 '그리고' '그런데' '그러나' 같은 접속어에 의해 만들어진다. 서사의 흐름을 무리 없이 바꿔주는 톱니바퀴 역할을 하기 때문이다. 위의 두 작품을 보면 동시로서는 호흡이 아주 길지만 접속어 하나 없이 운용되는데도 입체감이 도드라진다. 시인의 머릿속에서 구획된 서사의 힘과 그 서사를 굴리는 대화체의 유려한 언술 때문이다. 통화중인 아이 이야기를 「통하는 중」이라는 제목으로 올려놓고 서정과 서경이 절묘하게 결합된 이미지(퍼즐 같은 그림)로 재구성해내는 솜씨는 김준현만이 가능할지 모른다. 『결혼은 미친 짓이다』 등의 뛰어난 소설로 독자들에게 널리 알려진 작가이면서 『동시마중』(2021년 1·2월호)을 통해 처음으로 동시단에 얼굴을 내미는 이만교의 「선생님 선인장」은 또 어떤가. 무려 스물세 명의 아이가 등장, 선생님이 들고 온 선인장을 놓고 수다를 떠는 장면이 클로즈업된 사진 한 장을 보는 듯 재미있고 생생하다. 특히 2연으로 구성된 이 시에서 1연 15행("숙진이는 고개를 끄덕이며, ―아, 물을 자주 안 줘도 되니까 가져온 거구나!")과 마지막 행("숙진이 웃으면서, ―말 안 들으면 찌르려고 가져오셨구나!")에 숙진이가 "웃으면서" 하는 말과 1행으로 구성된 2연에서 선생님 역시 "웃으면서" 하는 말이 압권이다. 선인장 하나로 한 반 모든 아이들의 자기소개를 담아낼 수 있는 힘은 소설가로서의 내공이기도 하겠지만 아이들을 향한 깊은 애정과 동시에 대한 흥미로움 때문에 가능할 것이다.

위에서 언급한 작품들에서 확인할 수 있듯 동시에는 너무 많은 이야기가 담겨 있고, 그 이야기의 주인공은 아이들이다. 그 아이들을 어른들의 자기 연민이나 관념으로 재단한 작품들이 대부분인 올해 신춘문예 당선작과 비교하면 어떤가. 시보다 동시가 더 쓰기 어렵다는 말은 이런 작품들을 통해 확인할 수 있다. 새로운 인식이나 서사의 깊이가 없이 어린 시절의 추억이나 기억을 자기 연민으로 묶어낸 작품들과는 달리 위의 시편들은 서사의 힘은 물론 새로운 직관으로 우리가 미처 깨닫지 못하고 있었던 세계의 아름다움까지 하나의 그림처럼, 한 편의 연극처럼 보여준다. 이들이 그려내는 세계는 원래 아이들이 있던 시공간의 실재임에도 그 세계보다도 더 아름답고 빛나는, 그러니까 제각기 가진 동심과의 싸움으로 얻어낸 최근 우리 동시 문학의 진경이다. 그러니까 원래 존재하고 있었지만 우리가 보지 못한 세계의 숨은 그림이며 숨은 무대인 셈이다. 동시란 장르의 힘은 이런 작품들을 통해 증명된다. 엄연히 존재하고 있었지만 아무도 보지 못했던 한 세계의 이면과 누구나 알고 있었지만 추상적이어서 꺼내 보이지 못한 동심을 아름답게 그리고 드라마틱하게 재발견해내기 때문이다.

나는 지금까지 내가 미처 몰랐던 세계 속에, "쥐가 달걀을 옮기"고 "말의 장례식"이 있는 곳에, 내가 모르는 아이가 나라고 우기는 세계 속에 있었다. 그리고 마침내 나는, 나를 사랑한다고 말할 수 있게 된다. 아홉 살쯤 되는 내가, 지금의 나를 죽인 다음 다시 태어나게 할 수도 있다는 걸 느끼기 시작했다. 과연 나는 끝까지 도망가지 않는 아이로 남을 수 있을까. 동시를 읽는 독자들의 수준은 우리가 상상하는 것 이상으로 높아졌다. 그렇다면 나는? 1년을 넘게 코로나19와 싸우면서 건너온 2021년, 흰 소처럼 지금 이 순간도 묵묵히 실패가 예정된 문학을 위해 걷고 있는 나의 모든 당신이, 당신이 쓴 시가 답할 차례다.

고양이 수염에 붙은 시는 먹지 마세요

초판인쇄 2021년 11월 19일
초판발행 2021년 11월 30일
지은이 김륭
책임편집 김필균
편집 정현경 엄희정 이복희
디자인 이은하 이지인
마케팅 정민호 박보람 김수현
홍보 김희숙 함유지 이소정 이미희
제작 강신은 김동욱 임현식
제작처 영신사
펴낸곳 (주)문학동네
펴낸이 염현숙
출판등록 1993년 10월 22일 제406-2003-000045호
주소 10881 경기도 파주시 회동길 210
전자우편 kids@munhak.com
홈페이지 www.munhak.com
카페 cafe.naver.com/mhdn
북클럽 bookclubmunhak.com
트위터 @kidsmunhak
인스타그램 @kidsmunhak
대표전화 (031)955-8888
팩스 (031)955-8855
문의전화 (031)955-8895(마케팅) (02)3144-3237(편집)
ISBN 978-89-546-8419-4 03810

*잘못된 책은 구입하신 서점에서 교환해 드립니다. 기타 교환 문의: (031)955-2661, 3580
*이 도서는 한국출판문화산업진흥원의 '2021년 우수출판콘텐츠 제작 지원 사업' 선정작입니다.
*이 책에 삽입된 가사는 한국음악저작권협회(KOMCA)의 승인을 받았습니다.